EX-LIBRIS

《亲爱的丫头》2

不知道要多久
才放心让你独自行走在这闹市之中

柯继铭 / 著

亲爱的丫头 2

愿你在这世间安然行走

天地出版社 | TIANDI PRESS

图书在版编目（CIP）数据

亲爱的丫头.2 / 柯继铭著.—成都：天地出版社，2020.7
ISBN 978-7-5455-5623-0

Ⅰ. ①亲… Ⅱ. ①柯… Ⅲ. ①散文集—中国—当代 Ⅳ. ①I267

中国版本图书馆CIP数据核字（2020）第053807号

QINAI DE YATOU 2

亲爱的丫头 2

出 品 人	杨　政
著　　者	柯继铭
责任编辑	袁静梅　李晓娟
内文插图	玥　玥
装帧设计	今亮后声 HOPESOUND pankouyugu@163.com
责任印制	葛红梅

出版发行	天地出版社
	（成都市槐树街2号　邮政编码：610014）
	（北京市方庄芳群园3区3号　邮政编码：100078）
网　　址	http://www.tiandiph.com
电子邮箱	tianditg@163.com
经　　销	新华文轩出版传媒股份有限公司

印　　刷	河北鹏润印刷有限公司
版　　次	2020年7月第1版
印　　次	2020年7月第1次印刷
开　　本	880mm×1230mm　1/32
印　　张	8.75
字　　数	215千字
定　　价	45.00元
书　　号	ISBN 978-7-5455-5623-0

版权所有◆违者必究

咨询电话：(028)87734639（总编室）
购书热线：(010)67693207（营销中心）

本版图书凡印刷、装订错误，可及时向我社营销中心调换

目 录

写在前面的话 / 001

2015 年

人的心理的生成非常复杂。是否接受并喜欢做自己，既是心理健康的重要标志，也是心智成熟的重要标志。人必先接受并喜欢做自己，然后才能自尊自爱自强自立。如果连自己都不乐意做了，那人生就无可救赎了。

不用健康换成长 / 004

不湮没于生活琐屑 / 006

把情绪交给时间 / 008

学生的成长是老师生命的延续 / 010

取巧是下足功夫后的熟能生巧 / 011

无论做什么事，不执着纠结于过去 / 013

习惯是做事心态、意志品质和方式方法的综合反映 / 015

故步自封会消解人对外面世界的兴趣 / 017

朋友交往是人生重大命题 / 018

一个人能和家人和睦相处，是人生重大成就 / 021

趁现在充满工作热情努力做事 / 023

知不足是进步的起点 / 024

一往无前是良好愿望，起起落落是人生实态 / 027

工作宜全心扎根再寻求突破 / 029

应该有的挑战缺失，惰性就会滋生出来 / 031

在同一片天空下的感受，能够拉近亲人之间的心理距离 / 032

人在患病时担心的都是生命中最重要的事 / 035

人生的修炼 / 037

乐意回望处，必定有美好记忆在；向往再见面的人，
必定有美好情谊在 / 039

身体的不适，或多或少是一种偿还 / 041

学会在恰当处安放自己 / 043

便宜不能占 / 046

2016年

在我看来,一个人如果能够专注于自己手上的事情并且把它做好,就算人尽其才。这是我对你的期望,也是我的自我反省。

曾经生长是主题,现在切换成了生命 / 052

保持求知、交往、娱乐的热情 / 054

有"烟火气"才有生活气 / 056

凡事利弊共见,得失取决于我们的态度 / 059

在时间的流逝中,我们真正值得珍惜的只有当下 / 060

我的丫头,她到底是哪种人呢? / 062

一个人能专注于自己手上的事并做好,就算人尽其才 / 063

知是非、豁达心胸、见事明理最重要 / 066

喜谈过往也是人性的弱点 / 068

人到某个年龄的常态 / 069

人生价值评判的标准 / 070

只需尽心竭力,不必介怀一时结果 / 072

你的房间总要为你留着 / 073

新地方、新人群、新话题可以丰富对事对人的理解认知 / 075

穷则思变 / 077

人与人之间如何称呼，很大程度上取决于具体人际关系 / 078

个人常有无名之火，控制情绪是必须的事 / 080

不知道要多久才放心让你独自行走在这闹市之中 / 081

从不管作业，但找一切机会听你对人对事的态度 / 083

后天补短是每个人与生俱来的使命 / 084

周日"大餐" / 086

每天守着你成长，是幸运又无比满足的事 / 088

你相信什么，你就选择了做什么样的人，过怎么样的一生 / 089

透过历史遗迹，体会一代人的追求和坚守 / 091

历史是一种思考方法、一种让思维臻于严谨的途径 / 092

对人对事，应努力超越形式看到实质，不论新旧只问对错 / 094

人的成长源于自我完善，自我完善以自我否定为前提 / 095

养成阅读习惯，享受这种打发时光的有趣方式 / 096

在身心健康和学习工作进步之间找到平衡 / 098

有意识地储备知识，坦然顺应变化 / 100

走出低潮期的感觉真好 / 101

扩充旅程图 / 103

身体好，才能有"生趣" / 104

二十一年弹指一挥间 / 105

消遣时光、放松心情的方式 / 107

上学的辛苦 / 109

感念学校对个人成长的助力 / 110

世上人情千万种，能想起能记住是最好的告慰 / 112

偶然的际遇会让人对那些因熟悉而厌弃的东西生出眷恋 / 114

非常庆幸在人生有所体会后再来陪伴你成长 / 116

不太把自己当回事就能克服面对人的胆怯和拘谨 / 118

没有哪种考试和升学足以定人终身 / 120

坦白讲出看法，让人接受自己的诚意 / 122

孩子的成长常常促成父母的进步 / 124

豁然顿悟往往基于牢牢地记住 / 127

理性、纯净，充满暖意与期待的人生 / 129

2017年

丫头，读书求知的最终目的，是养成正确的人生态度和健全的人格。我愿意你自始至终以普通人过日子的平和态度，把自己安顿在真实平凡的生活中，脚踏实地地做人做事。

对人不亏心，在己少违心 / 136

人在学习中建立对己对人对事的判断 / 138

当众说话也需要学习 / 139

人的积累和思虑都有限度 / 141

关于"文化人"的随想 / 142

年轻时最值得努力的是有意识地尽早确定职业方向 / 144

通过不断尝试找到适合的职业方向是幸运的 / 146

关于坚守选择与修正选择 / 147

确定职业方向，持之以恒地坚守选择 / 149

宁专勿博，宁缺毋滥 / 151

定性初成，意味着人生的根基大致确立 / 154

一个人可以有书卷气，但一定不能太书生气 / 156

读书求知，是为了在现实真相中深入下去 / 158

我们需要一种清明的理性 / 159

善于把复杂问题简单化，体现了一种综合思维能力 / 160

读书求知的最终目的，在于养成正确的人生态度
和健全的人格 / 161

学习的目的将越来越聚焦于发现思想、评估价值 / 163

大凡落入定式，必定带来不可小觑的副作用 / 165

一个人读了书明了理，做人做事应该更接地气 / 166

独立面对、调节情绪，是一个人成熟的重要标志 / 168

关于恋爱 / 170

恋爱，首先是找对人 / 172

什么是好的恋爱 / 175

好东西必须让人快乐、阳光、健康 / 178

人的底色最终会在时光中呈现 / 180

所谓懂事，大约就是一点一滴得来的 / 182

你的人生一定比我更加宽广自在、惬意有趣 / 184

赢得幸福只有真诚和勇敢远远不够 / 187

"打扫干净屋子再请客" / 189

恋爱大可苛刻挑剔，婚后应该包容随和 / 193

即便是一个人，也一定把日子过精彩 / 195

知之固然可贵，更难得的是行之 / 200

我们少了焦躁、多了耐心，可能是你的小确幸 / 202

2018年

美丽短暂易逝，幸福却可以长久。做个平凡人，过平常生活，未必不是好的人生。亲爱的女儿，我不希求你的人生因非凡而美丽，只愿你拥有平常的幸福。

孩子长大了，家庭关系必然有所改变 / 204

春节：经历一场"穿越"，然后复归于常 / 206

每个人都有自己的生命河流 / 209

人没必要停留在过去 / 211

身为大国国民，在外部世界认知上尤其应该谦卑 / 213

功夫不负有心人 / 215

妥协，就是承认、接受已然发生且无法改变的事实 / 217

身为某个组织的成员，必须承担责任履行义务 / 219

自我观察，对未来有所预判 / 221

我的语文老师 / 223

为轻装前行忘却痛苦，或是人类自我调节、
自我保护的一种天性 / 225

每辆车都有生命有个性 / 227

坦然地接受借助和利用外物的帮助 / 229

只愿你拥有平常的幸福 / 230

一些关于婚嫁的嘱托 / 231

时光易逝，今明中考 / 233

感叹唏嘘中，自有对生命的感悟 / 234

越来越理解生活需要些仪式感 / 236

你真是重诺守信的人 / 238

我们践行自律，不是为了得到，而是为了不失去 / 240

何谓思考，如何学会思考？/ 242

所谓思考就是努力超越就事论事，把问题置于
广大时空来看 / 244

听从内心召唤，以严格的自我反省随时校正人生方向 / 247

希望你警惕和远离邪恶 / 249

人不能没有进取心，但进取心过强也属过度的欲望 / 250

无论做什么事，目的、手段、过程和结果同等重要 / 252

坚守与人为善，但任何时候不要忘了邪恶无处不在 / 255

着眼于日常行止，养成好的生活习惯 / 258

后记 / 262

写在前面的话

这册小书是《亲爱的丫头》的接续。

《亲爱的丫头》2018年2月出版后,很多朋友给予了肯定和赞许。通过大家对孩子成长的关注,我不断感受到深植在人们心中的向善、向上的力量。我想,有这种力量牵引,我们一定能把自己变得越来越好,进而帮助孩子们变得越来越好,最终让整个社会变得越来越好。

朋友们的好评给予了我极大的鼓励。现在,我把从2015年8月到2018年8月,即女儿读初中那三年,我记录她成长点滴和自己所思所想的文字整理出来,辑为一册,再与诸君交流分享。

柯继铭

2015 年

人的心理的生成非常复杂。是否接受并喜欢做自己,既是心理健康的重要标志,也是心智成熟的重要标志。人必先接受并喜欢做自己,然后才能自尊自爱自强自立。如果连自己都不乐意做了,那人生就无可救赎了。

不用健康换成长

我的球友飞哥上周四在开会过程中突发脑出血,手术后至今处在人事不省的状态。医生说他脑部本来血管畸形,因疲劳过度压力过大引发血管破裂导致脑出血。

飞哥是个热情风趣的人,喜欢交朋友,喜欢打乒乓,喜欢打麻将,喜欢写东西。我们几乎每周在一起打球。最近一次是上个周六,那天上午他在单位加班,午饭后开车顺道接我一起去球场,运动后又把我送到北大街的一相逢餐厅,我和几个学生约好当天在那里聚会……

生命无常令人黯然神伤!

常说身体健康是一,家庭、工作、财富、地位、名誉等都是这个一后面的零,必须先有这个一,才能累积出十百千万,没有了这个一,其他通通归零,化作梦幻泡影。这个道理似乎人人都懂,而真正要做到位却很难。很多人为了个人成长进步,为了得到领导和周围人的认可,为了获取财富、地位和名誉,拼命学习工作,不惜以身体健康做赌注。年轻人尤其容易做这种因小失大、得不偿失的赔本买卖。

我曾经也是个工作狂，对当日事当日毕一类励志的话非常认可，经常没日没夜地加班，恨不得一天掰成两天用，四十岁左右才慢慢理解，事情永远做不完，地球缺了任何人都照样转，而病痛折磨却只有自己和家人来承担。在机关做处长最后几年，只要没有十万火急的事，每天一到下班的点，我都催促处里的同事准时下班回家。我对动辄鼓励加班加点、熬更守夜深恶痛绝，并认为一个团队非特殊情况随时加班是管理者思维混乱、能力不足、效率低下的表现。

我们周围不乏一些这样的人，他们该做事做事，该休息休息，该玩耍玩耍，什么拼命学习、玩命工作这类事和他们一点不搭边，但假以时日，他们的学习工作状况未见得比任何人差，多数情况下反而更好。饭要一口一口地吃，太急了会噎着人。缓缓使劲，长期用功，持之以恒，日积月累，才是学习、工作的正确方法。希望你懂得并做好这点，坚决不做用身体健康来换取成长进步的傻事。

我的老师王爷爷念大学时因为用功过度生了场大病，为此还休了一年学。他后来总结说：凡事过犹不及，做得过头，就跟做得不够一样都是不合适的。以亲身经历告诫我们读书治学要有条不紊，不宜一时用力过猛。当初王爷爷休学回来留级复读，比原先的同学低了一个年级，可以说落在了别人后面，但多年以后，他凭着厚积薄发的学术成绩和工作能力做了四川大学分管文科的副校长，成为同一代人中的佼佼者。现在他老人家快八十岁了，依然头脑清晰，思维敏捷，健康硬朗。人一生要走的路很长，用不着争分夺秒，赶着抢一天两天乃至一年两年的时间。按部就班地、不紧不慢地就挺好。

♥ 2015年8月30日

不湮没于生活琐屑

今天你们正式开课。早上你出门上学不久，我紧跟着也出门了。今天上午要带幺爹看医生开药。这是每月一次的固定功课，以前是27号，今年7月后调整到1号。

幺爹穿了双新的骆驼登山鞋，说在新城市广场买的，原价九百多，打三折下来两百多，我称赞他买得划算。他长了体重，气色不错，这让我宽了心，但看到他衣服裤子上有几处油迹和汗渍，又忍不住数落了几句。对这个生病的弟弟，我虽然勉强能尽照顾之责，但细节之处草率到难以及格，也常为此感觉内疚。我这个哥哥当得太粗了，除了给他钱,给他买烟买茶,就是数落他这没做好那没做好。最近几年态度温和了些,但细处还是改进不大。这辈子怕很难做好了。

明天再上一天班就是小长假了。我和老妈计划回老家看爷爷奶奶。距离上次回老家又快三个月了。最近物价涨了,电话上问爷爷绥江的猪肉有没有涨价,爷爷说猪肉涨价了,蔬菜也涨价了。我想着要回去给他们点儿买肉买菜的钱。三天往返时间有点紧张,就不带你回去了,薇薇还有几天开学,这个小长假她和赵阿姨陪你在成都过。我和老妈还没有确定出发的具体时间,如果明天下班走的话,准备先到眉山住一晚看看外公外婆,如果后天一早走的话,争取5号返程在眉山吃晚饭看外公外婆。

这是近几年我和老妈生活的常态。人到中年上有老下有小。对上,尽量抽时间看望陪伴日渐老去的父母,在享受美好时光的过程中,心里越来越多一种无可奈何依依惜别的意味。见一面少一面这个话,不到某个时候不能体会,到了某个时候自然就懂了。对下,尽量抽时间见证陪伴你成长,从生长带来的希望中感受和汲取朝前的力量。

人到中年,一堆琐事,满地鸡毛。但谁的日子又不是这个样子呢!

滑行在惯常的生活轨迹上,我也努力告诫自己,在精神上不能依赖包括你在内的任何人,必须自己对自己有所交代。做好工作当然是一种交代,但对多数人,工作岗位这种社会角色未必足以承载个人所理解的生命价值和生活意义。这就需要额外找些别的事情做。

我很幸运很高兴在写给你的这些话中找到了热情。几年前开始断断断续续做着的充满儿女情长的事情，现在成了工作以外我投入时间和精力最多的一件事情。借由对你我日常琐事的记录，我找到了表达对于社会人生各种问题看法的方式。做这个事逼迫着我观察、反省、总结、思考，从中感受到快乐和意义。我没有如古人"立言"那样的远大抱负，只想以此保有自己的模样，不湮没于生活琐屑中。这样的机会竟然得自于你的成长，人生的际遇真神奇啊！

♡ 2015 年 9 月 1 日

把情绪交给时间

刚过去的小长假，我和老妈 9 月 2 号下班后先到眉山看了外公外婆，3 号早上走成乐、乐宜高速，在犍为南站下经沐川到屏山新市镇回绥江老家。

你的小侄女九个月了，对人咿里哇啦，想要说话了，为家里添了生气。奶奶的情绪有好转，较以往平和了些。这次我们住舅舅家，楼下新开的电瓶车销售店，成天播放广告，吵得很。

5 号早上十点返程前，接到电话得知飞哥 4 号晚上九点过走了。开车上路，一路都在下雨，下得很大，视线模糊，心情昏暗，下午五点过到家后倍感疲倦，吃过晚饭倒头便睡，一直到今天早上醒过来。

生死一直都在我们身边，因疾病、衰老、意外离去者多多。念初中时，上学和放学路上，有个高年级女生常走在我前面，她有着楚楚动人的背影，面容也如背影一样姣好，后来她生病去世，路上再没有那个好看的背影。高中毕业那个炎热的夏天，有个同学在金沙江游泳再没有回来，他离开以后家里收到了大学录取通知书。大学同学中，也有人因为疾病离开多年了。年轻时对于死亡，心情大多可以很快平复。随年龄增长，多了生命感悟，多了将心比心，多了悲天悯人，想到一朝作别之后从此阴阳相隔，那种痛就深了很多。只有把情绪交给时间，让它在长长的岁月中点点滴滴地稀释缓解。

一切皆有可能。年轻时容易把"可能"往好的一面去想，后来才明白坏的事情也一切皆有可能。每次面对曾经熟悉的人离开，感伤世事无常的同时，又强烈而紧迫地感受到了人只能活在当下。要抓紧时间做喜欢的事情，尽量少留和不留遗憾。要抓紧时间用心善待亲人朋友，因为没准哪一天就没有机会再相见。犯不着把时间和精神消耗在那些不相干的人身上，就像犯不着把时间和精神浪费在不喜欢的事情上。做人做事尽心就行，问心无愧就好，不对自己过于苛刻，不自己和自己怄气，不长时间沉浸在某种负面情绪中，因为一切皆有因缘，一切都是过程。慢慢努力学会真正看开、放下、自在地活在当下。

我不想把我这个年龄的伤感传染给你。这对你来说太早了。但生死是每个人迟早要面对的事，早些有这种意识，也许更懂得珍惜当下。

❤ 2015年9月6日

学生的成长是老师生命的延续

昨天教师节,没来得及安排和王爷爷蔡奶奶聚会,我把写给你的这些话中涉及王爷爷的那些篇章摘编出来,以"老师的身影"为题,从微信上发给王爷爷,祝他老人家教师节快乐。

我说,老师的教诲,从根本上影响了我们的思想认知、价值观念,并渗透到读书治学、立身处世各个方面。我们在学习生活工作中,随处可见老师的身影。老师对我们的影响,现在还延续到我们对子女的教育中。

王爷爷说,这是教师节最好的礼物,很真诚,珍藏了。学生的成长是老师生命的延续。视学生为子女,这一点我算做到了。如果在你们的人生旅途中留下了"老师的身影",老师的生命真的是得到了延续。也许这就是当老师的价值吧。

我记着从小到大的老师们的身影,感念他们为我的生命注入了正能量。

父母是子女的第一任老师。我们不仅要努力做合格的父母,而且要努力成为称职的老师。

昨天晚上我跟你说,每次想到一个画面我就忍俊不禁。今年6月端午节我们去峨眉山,在山下高铁站旁萝卜汤店前面的平坝上,我正在倒车,看见你在前面又是招手又是跺脚又是大声喊叫,因为没有开车窗,我什么也没听见,紧接着"砰"的一声,车子碰在了后面的一棵树上。原来你正在喊停车停车，后面有棵树。幸好车速很慢，几乎没有留下痕迹。想起来就要笑！

❤ 2015年9月11日

取巧是下足功夫后的熟能生巧

有些人开车既久熟悉了路况，每次遇到堵车，立马掉头或转弯改道，有时候得以避开拥堵，但有时候会遭遇同样的拥堵，甚或堵得更厉害，结果不仅多绕了路而且多花了时间。

还有些人无论堵车与否，抄小路走捷径习惯成自然，有时候能得便利节约时间，但有时候反而比走大多数人选择的路线耗时费力。

堵车是城市通病，大多数人都选择的路线通常拥堵，但大多数人坚持走这些路线，一定也有它的理由，总想着另辟蹊径，可能弄巧成拙。所以，我们一般情况还是不抄小路，耐心等拥堵缓解为好。

学习生活中类似情况不少。有一些人，通常是比较自信的那种，为了省时省力，或者为了彰显自己与众不同，总想方设法走捷径。他们有时候能收到事半功倍的效果，但多数时候难遂人愿。天道酬勤，付出与回报呈正比。绝大多数人，先天智力和后天能力相去不会太大，比别人功夫下得少，却想有同样的收获甚至更好的结果，概率不是很大。所以，我们多数情况下还是中规中矩不走捷径为好。

2006年我第一次出国去澳大利亚和新西兰，当时自己不开车，很少留意别人怎么开车。去年到德国和法国，就比较留意当地人怎么开车了。印象很深的一点是他们很少变道，即便其他车道暂时空出来了也不轻易变道，不到左拐右拐的时候一般不变道。相比之下，国内多数人开车，几乎每时每刻都在选择变道超车。大量频繁变道不仅降低了道路的通行能力，还增加了事故的发生频率，其结果必然是加重拥堵。开车喜欢变道是时间观念强烈呢还是取捷径占便宜的心思过重呢？

并不是说开车不可以尝试新的路线。很长时间，我从新华国际酒店经顺城街回城市之心，通常走蜀都大道过仁和春天百货在天府广场绕个圈。有一次同事带我走天府隧道后左拐上东城根南街再左拐到西御街进到天府广场，少过了几个红绿灯。我自己也这样走了几次，感觉确实顺畅些，现在基本都走这个路线了。

这固然也是一种取巧，但这种取巧，先有别人的经验，后有自己的亲身体验，可算是熟能生巧。在我看来，凡取巧必须是功夫下足、时间夯够后的熟能生巧。

♡ 2015年9月18日

无论做什么事，不执着纠结于过去

上周五下午单位开了宣布集团主要领导任免的大会。新任的董事长和总裁明天正式到岗。从明天开始，我更要注意上班准点了。一个单位的氛围，很大程度取决于主要领导的风格。在新领导充分展现工作风格，明确工作要求之前，避免出错的明智之举是按规矩行事。

年轻人初入职场，很多人对领导更换缺乏应有的心理准备，容易停留于过去的思维状态，习惯性地按之前的方式方法做事，常常措手不及难以适应，我自己就有过这样的经历。二十多岁还是一般工作人员时，在处长调整后有过这种经历；三十多岁做了处长后，在部长更替后有过这种经历。后来经历了更多的领导调整，慢慢才养成一定的适应能力。

我的经验，单位领导更替后，无论做什么事，不执着纠结于过去，不要总想着过去的做法，而要朝现在该怎么做的方向动脑筋；任何情况下，不轻易对过去现在的做法做孰优孰劣的比较——任何评头论足都将把你置于否定前任或者挑战现任两头不讨好的尴尬境地。人各有个性，每个领导都有自己的风格，身为团队的一员，努力适应新的要求是应有的态度。

很多人急于在新领导面前挣表现套近乎，想方设法留下好印象。这种事尺度很难把握，分寸不当适得其反，不仅会引起领导对你居心的警惕，而且还会招致周围同事的厌恶。领导与下属之间，最重要的关系是工作关系，能否进而建立私人情谊可遇而不可求。所以面对新领导，最好从工作关系出发摆正位置，不卑不亢、不远不近地做好自己，把对人对事的判别交给领导。要相信多数走到一定层级的领导，过的桥比你走的路多，吃的盐比你吃的饭多，眼里看得清楚得很，心里跟明镜似的，不可能被人轻易牵着走。

有些人喜欢在新领导面前毛遂自荐。这在通常情况下不值得效法。毛遂自荐能够成功有特定的条件，比如正面临十分危急的情况，比如自己拥有非凡的才能，而此前不为领导所知晓。离开这些条件，所谓毛遂自荐近于跑官要官，只会留下笑柄。

我特别要说的是，无论你在前任领导手下多么受冷落不得志，无论你对前任领导有多少意见，也绝不能在新领导面前有任何非议。以我的观察，不仅几乎所有的新领导对这类话题唯恐避之不及，而且一定会远离搬弄是非的人。在新人面前妄议旧人，不仅是待人处世上的低级错误，而且是人品人格上的恶劣行径，在任何文化中都是难以被原谅的。

借由单位领导班子调整跟你聊了这些。自己工作了以后慢慢体会吧。

♡ 2015 年 9 月 20 日

习惯是做事心态、意志品质和方式方法的综合反映

丫头,你近期的两个QQ签名,一个是"一班大法好",最新一个是"哈哈哈哈"。问你在表达啥意思,你说,第一个签名表示"我们一班"是个不错的班级,第二个签名随手写的,没别的意思。

我最终没有弄清"大法"一词是何意思。这就像现在的网络词汇,尽管还是汉字书写,但意思与此前大不相同了。暑期菲菲来我们家,饭桌上你们俩的交谈听得我云里雾里,我问你们在谈什么,菲菲说:"叔叔你听不懂就对了,因为这是'00后'说话的方式"。

听不懂就听不懂吧!懒得勉强自己去弄懂了。遥远的未来,浩瀚的彼岸,永远有我弄不懂的东西在。想当初,我们也曾经努力挣脱父辈的时代,走进属于自己的时代。现在,我坦然地把自己安置在属于个人的时代,不强求跟上年轻人行进的步伐。

无论如何,这两个QQ签名,让我感受到了你对现在学校生活的喜爱和投入。进入初中后,作业比小学多,老师让学生给家长捎带回来的要求也更多。但从开学到现在,你还没有过哪怕一次漏做作业、忘记捎话的情况。这说明你能专心听课,记住老师的要求,对学习有兴趣有热情,初步养成了良好的习惯。

习惯是做事的心理状态、意志品质和方式方法的综合反映,很大程度决定着学习工作效果。我见过不少人,虽然资质平平、起点不高,

但长期保持良好的学习工作习惯，最终取得不俗的成绩。在我看来，养成好的学习习惯，相对于解题的对错、考分的高低，要重要得多。

养成习惯需要很长的时间。我们家卫生间的地面装修时处理得不好，每次洗澡后满地的水。小学五年级以前，我们没有要求你洗澡后把卫生间的地拖干，五年级时提出这个要求后，你开始很拒绝，每次洗澡都抢在我们前面，好让后洗的人收拾卫生间；过了一段时间，能装模作样地走几下拖把了；再后来，基本能把地拖干净了；到现在，你收拾后的卫生间完全不用我们返工了。两年多时间，终于养成洗澡后自己拖地的习惯。现在，你初步养成了良好的学习习惯，希望继续保持。

周四晚上，你拿自己之前做错的两道数学题来考我，说帮助防止老年痴呆。1988年参加高考到现在，我二十多年没演算数学题了，但竟然把两道题都蒙对了。你佩服不已。我是真不喜欢也不擅长数学，但数学成绩并不算太次，高考数学120分，我考了108分。

2015年9月26日

故步自封会消解人对外面世界的兴趣

我今年在外边吃饭的次数屈指可数。这既是为了严守八项规定，也与心理变化有关系。聚会吃饭是社会交往的重要方式。曾经有那么些年，乐意于接受新信息，向往着结识新朋友，一边埋怨各种吃喝让人苦不堪言，一边对各种聚会乐此不疲。现在不仅对工作接待能推就推，而且对参加纯粹朋友间的聚会也变得矜持了，实在碍于情面，才去露个脸做个样子。难怪王叔叔他们老批评我不与弟兄伙儿打成一片，尾巴翘得高。

这怎么说呢？无论去大餐厅还是小饭馆，无论吃中餐还是火锅，总觉得不如回家在微波炉打热包子再配一块豆腐乳那么美味。再说，吃饭无非喝酒，白酒红酒啤酒，你敬我我敬你加大家干杯，形式内容雷同，都是"老三篇"。至于参与的人，多数时候还是那几张熟脸，偶尔有新人加入进来，也少了主动结识的意愿。总而言之难得提起兴致。

以前喜欢热闹时，常自我提醒要更安静些，现在安静下来了，反而令人不安。因为我心知肚明子自己出问题了，故步自封消解了对外面世界的兴趣，暮气滋生浇熄了投入当下生活的热情。生命活力在衰减，不是个好兆头。看来我要认真对待王叔叔他们的批评意见，尽量调整自己的状态。

小时候把贪玩好耍理解成不务正业。现在知道，一个人如果能够始终保有一颗贪玩好耍之心，长期保持对外面世界的好奇和热情，不失为难能可贵的品质。怕只怕到某一天，连玩耍心都没有了。

每到周五，你一放学回家就找出手机打开电脑，东倒腾西拨弄，或者画几张画，听一会儿歌，做做手工，从饭前到饭后，乐呵呵地到晚上 12 点还兴奋着不睡觉。我真羡慕你那种不亦乐乎的状态。

2015 年 9 月 30 日

朋友交往是人生重大命题

丫头，随着接触范围的扩大，将有越来越多的人进入到你的朋友圈。朋友之间如何交往、如何相处，是人生的重大命题。我想就此作些交代。

人与人之间从陌生到了解再到两心相悦，这一充满了感情色彩的体验，是上帝赐予人的神奇礼物。感性带给人美好，但如果缺失了理性，感性很容易转为任性，让人变得偏执极端甚至丧心病狂。因此，朋友交往相处，不仅要讲感觉而且要有理智。

是否接纳某个人成为朋友，有两个方面要留意。其一，交朋友是两个人的互动，必须互有好感而不能一厢情愿。年龄、性别、学历、地位、阶层、名誉这些都不是问题，关键在彼此有走近对方的愿望。无论你多么欣赏一个人，如果不能感受对方的热情回应，我劝你就此打住。世上有缘无分的事情多了去了，没必要为此浪费表情。无论别人多么欣赏你，你若没有相似的好感，也尽可漠然置之，一定不要为做个好人顾惜对方情面，勉强接受那份友谊。好人不是这么个做法，而友谊也不是施舍。故作欢颜回应对方的好感，实则为双方平添烦恼。

其二，交朋友必须看心地看人品，心地要厚道，人品要端正，如人们常说的是个好人。相知满天下，随意而处，朋友定要择善而交。最好能知根知底，了解他们的经历、家庭、习惯和交往的圈子。

要懂得界定不同的朋友关系，把与每个人的相处约束在特定的范围内。朋友各式各样，有因为情意相投成为朋友的，有因为共同爱好成为朋友的，有因为思想相通成为朋友的，有因为患难中见真情成为朋友的，也有一起吃饭喝酒的朋友。虽然都是朋友，但连接彼此的载体不一样。处理好朋友关系，必须清楚你和另外一个人相处的实际的内容。常听人说某某人不够朋友，多数情况下，我认为错在说这个话的人，错在把一种关系当成另外一种关系，比如本来是思想接近的两个人，你现在要和他谈生意合作，本来是吃饭喝酒的几个人，你要求他们与你交流思想。有些朋友关系是多方面甚至全方位的，比如两个人感情又融洽、兴趣爱好又相同、思想观点又接近还经常在一起吃吃喝喝，但不是每一种朋友关系都如此。要清楚你与哪些人可以在哪些方面进行交往，与哪些人不宜在哪些方面进行交往。

朋友之间切忌意气用事。首先不能起忌妒心。要接受朋友比我们强。如果交往的人方方面面不如自己，这种交往就失去了相互学习补足、互相激励提高的作用。朋友取得进步和成绩，应该发自内心地为他们高兴。小朋友喜欢争强好胜，很容易见不得别人比自己好，对此心胸要宽广些。

其次，不要总想做别人最好的朋友。占有欲这种东西，不只存在于亲密的男女之间，朋友之间也有。小朋友感情真挚，心眼又还不大，喜欢一个人，总希望成为人家最好的朋友，这是个误区。应该接受你的朋友还有另外的朋友，甚至关系更加亲密的朋友。爱情难以分享，而友谊通常能共享，朋友多多益善。丫头你记住，要吃醋的友谊包含着极其危险的杀伤力，终将害人害己。如果有一天你因为好朋友交了新朋友而吃醋，你一定要好好反省自己。

再有，千万不要以为朋友之间不该有分歧。世界上没有任何两个人在任何事情上都步调一致。亲近如父女、如母子、如兄弟、如姐妹，都不可能在心思上完全相同。每个人都是天地间独立的个体，这种独立性之于他人是差异性，各种差异性构成多样性，世界因此而丰富多彩。但人很容易被感情冲昏头脑丧失基本常识，忘记好朋友之间有分歧是正常状态。要随时提醒自己接受朋友之间存在分歧，不强求朋友赞成自己的想法，也不苟同朋友对人对事的看法，任何情况下恪守自己做人做事的原则，坚持对是非对错的判断。距离产生美，有弹性才伸缩自如。朋友相处要在承认独立性、差异性的基础上，保持适度的距离和适当的弹性，只有这样才能给友谊留下宽广的生长空间。

朋友交往还要注意处理好物质付出的问题。朋友交往是人格平等基础上的对等感情付出，而不是对等的物质付出。朋友之间物质条件不同，经济能力不同，不能用物质衡量感情，商品等价交换原则和基于社会互助的人情往来不适用于朋友交往，物质上锱铢必较不是朋友之道。对方付出一定的物质，你回报多少，视自身情况量力而行，心意最重要。同样，你付出一定的物质，也要理解和接受对方根据自己的条件选择表达心意的方式。身处自己付出多而对方回报少的情况不能居高临下，身处对方付出多而自己回报少的情况也不必自惭形秽。自己付出了不要太不计回报。中国人常讲要救急不救穷，朋友身处危难，自该挺身而出尽己所能。但一般情况下，朋友之间尽量避免经济利益上的纠葛，非迫不得已不向朋友大额借钱，非特殊状态有朋友向你大额借钱，稍感勉强尽可坦然拒绝，不要担心伤害友谊。如果朋友同时是生意上的伙伴，坚持亲兄弟明算账。

2015 年 10 月 11—12 日

一个人能和家人和睦相处，是人生重大成就

杂记些近期的生活情景。

刚过去的国庆假期，主题与以往一样是为外公外婆庆生。1 号下午。除三姨妈一家和影影姐姐，其他人在成都聚在了一起，晚上玟玟姐姐在兴川国味请吃饭。2 号中午是生日宴会正餐，除旸旸姐姐因上班

出缺外，包括婼婼姐姐男朋友侯哥在内，17名家庭成员聚在了文殊坊成都画院，外公外婆发表了生日感言，吃了寿面吹了蜡烛。2号下午到4号上午，除玟玟姐姐小两口、侯哥、旸旸姐姐外，其他人在广汉继续聚会，大人各自开展娱乐活动，小人开展发红包抢红包活动，外加自愿参观三星堆博物馆，以及兴之所至在鸭子河边的自由漫步。4号中午，婼婼姐姐在连山镇代术儿饭馆请大家吃大块回锅肉，饭后外公外婆和三姨妈一家回眉山，大姨妈大姨爹回玟玟姐姐家，我们、二姨妈和舅舅一家回成都。5号，我陪你在家做作业，老妈他们去温江崇州都江堰转了一天。6号，盛大的聚会告一段落，生活回归本来的状态。

这个假期我们没回绥江老家，哥哥一个人回了，给我们带回来包谷粑、桂圆和核桃，还有爷爷炸的酥肉。节后上班爷爷打电话让我买几盒血塞通，前天买了快递回去了。

老妈前阵子骑自行车扭伤了膝盖，检查显示没有大问题，但总不见明显好转，现在还将息着。她换了苹果iPhone 6s手机，你非常羡慕这款手机有128g的内存。老妈最近有次因公出国的机会，之前安排去俄罗斯斯大林格勒（即伏尔加格勒），后来调整为去西班牙和爱尔兰。

你每天早出晚归，精神饱满，经历了一次月考，班上排名21位，全年级300多位，属中偏上，我觉得非常好了。体重保持得不错，一年多没再增加。这周班上有27个同学英语作业忘了让家长签字，你不在其中。你让我把淘汰下来的三星手机下放给了你，说虽然版本低，但内存比正使用着的华为大，可以用来下载游戏。最近你房间里乱七八糟摆放了一堆充电插头，光手机充电插头就有四个，应该抽时间做下归类清理工作了。

单位领导班子调整后,我的工作变得忙碌了,有时午休都顾不上,甚至中午在食堂吃饭还有人找到说事。这是我来集团前的工作常态,没有不适应。最近消化不好,对我这么个一贯爱吃能吃的人,少了很多乐趣。吃了吗丁啉,希望能帮我快点恢复胃口。今天下班后我要去西安,明天下午回来,这真正是打飞的。

拉拉杂杂说了大家庭小家庭一堆事,用法国文艺复兴后期思想家蒙田的话做个小结:"一个人能够和家人和睦相处,这是人生的重大成就。"

♥ 2015年10月13日

趁现在充满工作热情努力做事

丫头你知道,我不是个在家待得住的人。我常说,退休以后可能需要专门列一笔费用,在住家半个小时路程范围内租个办公室,桌子沙发电脑电话一应俱全,每天去上上网看看报抽几支烟打几个电话,或者约朋友喝喝茶聊聊天,中午在附近随便吃点什么,下午运动打球或者打麻将,晚上回家吃饭。老妈建议在家里布置这样一个场所,但我觉得弄在家里达不到每天出门的效果。反正，我需要个完全属于自己的空间，让人感觉忙碌而充实地生活在人群之中，同时又可以远离人群保持独处，随心所欲地想点事，望望窗外走走神发发呆。

这阵在讨论延迟退休，我个人对此持欢迎态度，如果退休延长到六十五岁，那我就有五年不用自己租用那么个场所了。当然，人的想法不断在改变，说不准到那时我又巴不得能提前退休。以后的事谁知道呢，还是趁现在充满工作热情努力做事吧。

♡ 2015年10月21日

知不足是进步的起点

丫头，继10月中旬到西安出差后，上周我又去了上海和合肥。几个地方我都第一次到，我的旅行地图增加这三个点后，到过的省市兴许和你有得一比了。

同事们对我竟然没到过上海难以置信，说堪称"奇葩"。

据说上海最值得看的是外滩。到上海的第二天下午，我终于在造访单位的会议室，隔着玻璃窗面对着这个传说中的地方。因为照顾我第一次来上海，当天晚饭后同事一行人，到外滩和平饭店喝了红茶和咖啡。我就算是到过上海外滩了。

我对安徽熟知的是桐城派、李鸿章和胡适，如果我俩外出，相关的地方我都想去看看。但这次是因公出差，行程安排很满，念想只有留在心中了。在车上看到李鸿章故居的指示牌，说距此一公里。回来和你聊起这事，你说"就是那个卖国贼啊"，这个说法太片面太武断了。在遭遇三千年未有之变局，国家内忧外患、积重难返面前，谁都不能力挽狂澜于既倒。断章取义的历史解读对历史人物有悖公平。据说安徽最值一去的是黄山，找机会我们一起去吧。

我的旅途总是与景点擦肩而过。我到过北京很多很多次，唯一去过的地方是毛主席纪念堂，那是1998年，我到吉林延吉出差，返程途经北京，和你干爹一起去过，那也是我第一次到北京。这以后每次到北京，不是关在宾馆写材料，就是往返在长安街上取材料，长城、故宫、天坛、北海、颐和园等于我至今是传说。今年我俩去兰州和敦煌，是多年来我仅有的跨省旅行。但愿我们还能够一起去更多的地方。

来集团后有一年多过得还算轻松自在。但现在每天办公室人来人往，各种待定事项，各种送签文件，各种传阅资料，填满了上班时间。在忙忙碌碌的间隙，又对曾经的那份悠然自得起了惦念。每一段时光都自有意义，但人心永远无法填满，没有哪一种状态能同时承载我们全部的向往。

你身体真好。深秋了，白天上学还穿短袖，放学回家还穿夏天的睡裙，老妈和赵阿姨好说歹说磨破了嘴皮子，终于说服你加穿了一件罩衣——薄得不能再薄的防晒服，昨天总算把短裙换成了长袖睡衣，但罩在外面的还是防晒服。老妈说得来气时，我开导她：只要抗得住，多穿点少穿点无所谓，最多感冒一两次，自己遭罪了难受了就晓得添衣服了。但这里我还是提醒你，后天立冬了，尽量把自己弄得暖和些。

初中第一次期中考试，各科成绩和排名如下：语文99.5分，年级排名473位，数学141分，年级排名95位，英语144.5分，年级排名42位，总分386分，年级排名151位。年级总的排名，比上次月考前进了两百多。

学习取得进步，有三个方面值得肯定。第一，比较能用心。我和老妈从不过问你的学习，这份成绩单是你自己努力的结果，说明你用了心。"用心"是最宝贵的品质，凡事只要用心，总会有收获。第二，懂得自我总结了。昨天我一回家，你就告诉我期中考试成绩出来了，语文考得不理想，只考了99.5分，可能是作文写偏题了。这说明你在思考，并努力发现存在的不足。不认错的人永远不能进步，知不足是进步的起点。希望你从现在这些点点滴滴的反思知错开始，逐渐拥有自我修正、自我提高、自我完善的强大智慧和能力。第三，学习有热情了。你告诉我，如果语文再增加十分二十分，就能进入年级前一百位。我由这话知道你已经准备朝这个目标努力了。

这些意识和能力难能可贵，它们远不只影响你的学习，而且最终决定你的成长。为奖励你的进步，这个周日我在新会展洲际饭店请你吃深海大龙虾。

2015年11月6日

一往无前是良好愿望，
起起落落是人生实态

老妈周日出门了，先到北京录指纹，周三从北京出发经迪拜去西班牙。本来安排去爱尔兰和西班牙两个国家，因为去爱尔兰的签证没有办好，这次只到西班牙。

老妈不在家，我便承担起家长签字的任务。按照你的提示，在各种作业本上分别写下"已讲所学""用20分钟完成""已听写""已阅读"等字样，再落下名字和日期。

白天越来越短，气温持续走低。我现在穿三件衣服了，外套里面是衬衣，衬衣里面是贴身短袖，因为很不喜欢衬衣的领口处露出贴身衣物的痕迹，所以短袖都是V领。气温再走低，我会换上更厚实些的外套，但即便在最冷的季节，还是保持三件衣服的着装。不穿毛衣和秋裤有很多年了。空调暖气这些生活设施的完善，让我们这些偏爱单薄着装的人在冬天不至于太难挨。

你终于加上外套了，但每天回家后仍只穿薄薄的睡衣，最多再套件防晒服。不知道你是在硬扛呢还是感觉不冷。反正说了也白说，反正也没见你感冒，随你便吧。

期中考试后，整个人增添了自信。敢于有更大的目标了。说下次数学考试要争取考到140分以上。更愿意交流了，问你在学校的情况，不像以前那么不耐烦了。开始有了幽默感，偶尔可以拿自己开涮了。

人无信不立。这个"信"既指对别人讲诚信,也包括对自己有信心,接受并喜欢做自己。虽然每个人只能做自己而没法成为别人,但生活中有些人偏偏不愿意做自己甚至讨厌做自己。人的心理的生成非常复杂。是否接受并喜欢做自己,既是心理健康的重要标志,也是心智成熟的重要标志。人必先接受并喜欢做自己,然后才能自尊自爱自强自立。如果连自己都不乐意做自己了,那人生就无可救赎了。

除了少数天生自恋的人,多数人不是生而自信的。接受并喜欢做自己,通常要经历这样的过程:在一定时间内,通过自己付出努力,在群体中逐步获得某些方面的优势,赢得人们认可,自己逐步强化"我未见得不如人"的判断。优劣的比较可以在学习工作生活的方方面面展开,而世上一无所长、一无所取、一无所是者毕竟很少,所以多数人都有通过自身努力建立自信的机会。

人的改变受理性和感性两方面驱动,理性增进认知,引导我们直面自我、正视问题,通过总结反思克服不足,感性重在激励,把别人的认可变成自己做得更好的动力。多数人感性有余而理性欠缺,小朋友尤其感性多理性少,自我改变往往来自感性激励作用的发挥——因为大家认可我做得好,所以我必须做得更好。随年龄增长,希望你更注意在强化理性认知方面下功夫,把做好自己建立在自我反思、自我完善的基础上,而不必太在乎周围人是否认可。这很难,多数人终其一生可能都无法接近理性之门。因其如此,更值得探索尝试。

在为你取得进步高兴的同时,我也提醒你:可以定出下次考试的目标,但如果到时候这个目标没有实现,也不用丧气,继续努力就好。

没有人能够永远处在自身期望的状态。一往无前是良好的愿望，而起起落落才是人生的真实状态。

❤ 2015 年 11 月 17 日

工作宜全心扎根再寻求突破

单位班子调整后，我分管的工作越来越多。

事情多不是问题，让人恼火的是能力捉襟见肘。很多工作不熟悉，除了按程序履行各种签字手续，无论在工作的方向上还是在做事的方法上，都难以有切实有效的指导。虽然凡事可以边干边学，但以我的状况，要从外行变成内行，是很大的挑战。

这与我的年纪有关，更由经历所决定。四十多岁按说是年富力强，但求知欲望和学习能力下降也是不得不承认的事实。参加工作二十年，两年在大学教书，十六年在机关做文稿和干部工作，来集团工作刚两年。一个人的经历，一个人大部分时间和精力投入在哪些方面，很大程度上决定了这个人的知识结构和能力状况。我缺少在某个具体领域的从业背景，从来没做过经营工作，导致在具体问题上难以有深入细致的思考，一旦工作进入细致入微的阶段，对事情的判断力就会大打折扣。

你干爹说我念书的时间太长,错过了在恰当的年龄扎根到某个具体领域的机会。这话很有道理。他自己从机关辞职后,开过模具厂,办过拖鞋厂,后来在图书出版发行行业站稳脚跟,在这过程中,逐步积累了经营管理企业的经验和把握判断市场的经验。他熟知做过的每个行业,常津津有味讲起有些什么样的人在怎么样做事。欠缺在某个具体领域的从业经历是我难以弥补的短板,决定了我很难走得更远。如果时间倒回去二十年,我一定会用五六年的时间,全身心进入一个细小的专业领域,积累经验建立根基,在这个基础上寻求发展突破。

这让我想到年轻人的就业。很多家长愿意孩子生活稳定,想方设法让他们进到机关或国企做管理工作,用心甚是良苦,但对年轻人的长远发展可能是个陷阱。这当中多数人,五年八年下来,除了粗略了解工作流程、简单处理些杂务外,难以在观察事物、思考问题、学习做事方面真正有所收获,再一个十年八年后,仍然身无长技,而职业的路子越走越窄,最终只能依附于单位,随便听差遣。与其作此选择,不如从一开始就选择进入一个具体的职业领域,在最基层的岗位上潜下心扎下根来,靠时间沉淀和自己打拼,从在这个岗位上成为熟手,到在这个领域中成为行家。这样的选择不仅能自己掌握自己的命运,而且更具成长空间。

我已经没有践行这种选择的机会了。明年影影、文婷两个姐姐大学毕业,我会给她们这样的建议。这样的建议,也供你以后参考。

2015 年 11 月 20 日

应该有的挑战缺失，
惰性就会滋生出来

丫头，我接着上面的话题再说几句。体制内单位工作稳定，但对个人发展有很多潜在风险。

首先，最无可奈何的，是自己通常无法左右个人发展的轨迹，只能听人摆布。如果领导不欣赏，无论多么能干，都未必会有机会。得到欣赏需要机缘，受很多很复杂因素的影响，不完全取决于人的品行和能力，绝不是靠自己努力就能实现的。这不是说体制内单位比如机关和国企没有成长空间，而是说不是每个人都有成长的运气，也不是每个人都有成长的悟性和能力。

其次，是上面讨论到的难以建立专业背景。体制内单位特别是党政机关，大量工作在综合管理，这本来要求要有很高的专业技能和很强的综合素质，但实际工作中，除少数领悟能力很强且能够潜下心来的人，多数人既深入不到专业的水平，也上升不到综合的程度，什么都晓得点但什么都知之不深，像常说的"万金油"，终究做不了实事。任何社会在任何时候都需要优秀的综合管理者，但由于对综合管理者素质条件的要求比专业人员更高，因而成为优秀的综合管理者比成为某个方面优秀的专业人员更加困难。两相比较，为个人计，不如安下心来深入一个领域实实在在地做事。

还有，体制内单位工作既久，容易产生让人意志衰退和精神涣散的副作用。人成长必须有一定压力，对年轻人尤其如此。长时间处在稳定的工作环境，缺失了应有的挑战，结果必然是惰性滋生，丧失选择和行动的能力。不少在机关工作的人，虽然厌倦了现有的工作，但由于长久以来习惯了四平八稳的状态，真正面临选择时有勇气的不多。

　　我和老妈这辈子，与大多数同龄人一样，思想认识和个人成长的起点不高，年轻时很少认真想过究竟喜欢做什么样的事，究竟愿意成为什么样的人。这有时代的局限但不全是外在的影响，因为同龄人中也有人按自己的意愿做了选择。我们一路走到现在，只有将就着走下去了。但我希望你能够自己去作选择取舍，不过多考虑生计的因素。凡事由自己选择取舍，遗憾总会少些。如果你向往这一生能最大程度掌握自己的命运，能够真正做喜欢的事情，不妨一开始就在某个细小的专业领域、具体的工作领域扎下身来，慢慢深耕细耘。

♡ 2015 年 11 月 22 日

在同一片天空下的感受，
能够拉近亲人之间的心理距离

　　几年前奶奶中风来成都治疗，在中医学院后门那条街上临时租的房子不便安装座机，而爷爷很多时候又在医院陪着奶奶，为方便联系，爷爷开始使用手机。

从成都回老家后，爷爷奶奶住进大伯他们农业银行新建的集资房，当时县城整体搬迁不久，好多家庭的座机电话没来得及装，因为爷爷学会了用手机，后来就没有在家里装座机了。奶奶生病后再没有接过电话，家里所有的电话都是爷爷接。

爷爷学会用手机，确切说只是学会了接听来电。他不发短信，更不用说使用各种复杂的功能，就是拨打电话也不熟练。常用的几个号码，包括大伯、伯娘的电话，我和老妈的电话，幺爹和哥哥的电话，存在爷爷手机里并设置成可以直接用快捷键拨出，比如按 1 是谁的电话，按 2 又是谁的电话。即便如此，爷爷也常把要打给幺爹的电话拨到我这儿来，或者我接通电话听他喊的是大伯的名字。去年夏天麻园组织去宁夏，老家那边地震了，爷爷本来是要给我打电话问成都的情况，结果拨到老妈的手机上了。爷爷也弄不太清楚拨出某个号码后对方是否已经在接听电话，好多时候"电话正在接通"的声音还在响，他已经在这头说话了。

爷爷堪称心灵而手巧之人。从我记事开始，吃饭的大方桌大圆桌、喝茶下棋的小方桌小圆桌、书桌，木头椅子、竹编椅子、直靠背和斜靠背的椅子、夏天纳凉的躺椅，长凳、短凳、独凳，衣柜、厨柜、书柜，都出自他手。他是设计、施工、建筑以及竹木、泥水、砖瓦、装饰各种技能的集大成者，他把老家白马坝的穿斗结构房子搬到县城，几乎以个人之力完成了整个房子的建设装修。

以前经济不宽裕，人们大多在家里请客，每家每户常备有几桌人的餐具，我们家过年请客，爷爷一个人操办四五桌人的饭菜。后来不在家里请客了,也没有大规模的建设装修工作了,爷爷在金沙江边就地取材捡各种石头,加工装饰成各式盆景;再后来因为修了水库石头不好找了,他又用水泥河沙做出虫鱼鸟兽各种造型,装饰到盆景上。爷爷的才艺技能,偏向于传统工艺一路,对于新生事物,接受和适应起来不那么得心应手。也许人到一定年纪,多少都会有这种情况吧。

爷爷用手机有个特点,就是通话结束后不主动挂断电话。奶奶每天午睡,大约从一点到下午三点多,爷爷不睡午觉,我给他打电话通常在下午三点左右。每次跟爷爷通话后,我等着他先挂断,但他从不挂电话,耳边继续传来爷爷和奶奶的交谈。比如爷爷先说"他们成都在出太阳"或者"他们成都在下雨",然后奶奶说"看来天气预报还是准"。他们每天看成都的天气预报,说是老家的天气和成都最接近,其实他们对我们的牵挂远多于对天气的关注,因为奶奶腿脚不方便后,除了爷爷下楼买菜,他们几乎不出门,生活与阴晴雨雪关联有限。我没有深究过老家的天气是否和成都真的接近,大约在同一片天空下的感受能够拉近亲人之间的心理距离吧。

又比如听爷爷说"他们准备回来,我说没啥事情就不要跑了",然后奶奶说"他们想回来,就等他们回来嘛"。有次爷爷说"玥玥放假了,到北京去了",然后奶奶说"她还厉害嘛,一个人跑那么远"。上次我在电话上告诉爷爷,我到上海和安徽出了一趟差,爷爷肯定听错了听漏了,因为他对奶奶说"小明说要到安徽出差,不晓得干啥子",又听见奶奶说"不晓得他要去多久"。

每次跟爷爷打电话,我都注意克制情绪,尽量表现得沉稳而明快、关心但不牵挂，不流露内心的柔弱。这是习惯使然，社会教育从小对男生的暗示就是如此，而我们这种全是兄弟没有姐妹的家庭，对阳刚的自我要求可能更多一些。每次结束和爷爷的通话但是电话尚未挂断，另一头传来爷爷奶奶的交谈，我在这一头静静握着电话，听着那遥远而亲切的声音，暖暖的、涩涩的、酸酸的、湿湿的味道交集在心头，不知不觉湿润了眼眶。

♥ 2015年11月23日

人在患病时担心的都是生命中最重要的事

上个星期天下午我在办公室加班，晚上八点半下楼到锦城艺术宫旁边那家麦当劳，点了"老三样"，两对辣鸡翅、一份中薯、一杯热豆浆，吃下去半小时后，喉咙到胸口开始发堵。第二天症状加重，喉咙到胸口部位出现异物感，我上网百度了一下，发现这种症状很符合关于食道癌的描述，晚上去机场接到老妈，我说怀疑自己得了食道癌。

星期二拖着不舒服的身体去办公室坐了个上午，下午到东玉龙街开会，议完正事后闲聊，我又说怀疑自己得了食道癌，大家一阵笑，在座的刘叔叔说，多半是胃有问题，因为他本人常有这种状况。他拿出随身携带的铝镁加混悬液，让我买来服用一个疗程。

刘叔叔的话让我想起，在感到发堵的前一天也就是星期六晚上，我确实吐了。上周五有老领导约吃饭，我在桌上喝了白酒，之后与你干爹和王叔叔喝了啤酒，周六晚上王叔叔请你干爹吃饭，我又喝了点白酒，回家就吐了。我觉得刘叔叔的话有道理，周二晚上买了铝镁加混悬液立马服用。周三上午症状有所缓解，下午基本不感到发堵了，异物感也消失了。患食道癌的怀疑算是虚惊一场。

我想说的是在这个过程之中的所思所想。

首先是愧疚。这来自两个方面，对于爷爷奶奶外公外婆，不仅不能尽养老送终之责，而且给他们平添白发人送黑发人的痛苦；对于你和老妈，说好要互相陪伴的路还差好长一截，还不到可以放手的时候。

其次是遗憾。对给予过恩惠的有些人，还没有充分表达谢意。年轻时为人做事，或因为年少轻狂，或因为意气用事，或因为私心作祟，有些事情措置失当有负于人，还没有找到机会弥补。而对一路走来的亲人师友，只有带着感恩和憾意就此别过，更多遗憾留待来生弥补了。

我还想到，真要确诊为食道癌后要抓紧做两件事。一是家里的事情要有所安排，比如关于父母的养老、关于幺爹的照顾，虽然自己无能为力，但一定要留下那个心。二是对你的成长有所托付。拜托亲近的朋友，在你需要帮助的时候不吝援手，特别要拜托他们中孩子与你年纪相当的朋友，每年一两次把你和他们家小朋友约在一起，让我们的情谊在你们身上延续下去，帮助你建立自己的朋友圈。我想，以我的为人,即便生死茫茫人鬼殊途,他们多数不会推托。

那两天的真实想法:身边患癌的人如此之多,为什么不可能是我呢?管它结果如何,该怎么样就怎么样吧!透过这些所思所想,我看见自己对生老病死的态度更乐观豁达了,虽然依然敏感但已经勇敢很多。至于在这过程中所想的事情,应该就是生命中最重要的一些事情吧。所幸还有宽裕的时间,有机会把那些想到的事情尽可能做到最好。

♡ 2015年11月27日

人生的修炼

上周北京迎来这个冬天第一场大雪,这周成都也明显降温了。通过全家人孜孜不倦地软磨硬逼,你终于换上了秋季校裤。

你不情愿穿秋冬校裤,固然因为身体好能抗寒,但我注意到也不乏美丽战严寒的意思,担心厚实的秋冬校裤把人显得腿粗脚短。

我想就这个事跟你做些交流。

中国人总体上比欧美人个子小,多数人不同程度显腿脚粗短,南方人尤其如此。这可能与饮食结构有关,更深层次的因素应该在地理与种族方面。一方水土养一方人。基于不同地理条件的不同种族特点，本身难以作孰美孰丑的比较。而之所以又有美丑的判断，很大程度是近代以来中西方发展不平衡在人们观念上的投射。

工业革命后几百年，西方加速发展并形成引领世界的格局，中国的发展相对落后，于是便出现了一些唯西方马首是瞻，用西方的标准衡量事物的优劣的现象。从经济到政治到社会生活方方面面大致如此，当然也包括在对人的形体容貌的观察评价上，以腿细腿长为美、以腿粗腿短为不美。

20世纪抗战胜利到中华人民共和国成立到改革开放以来，中国社会展现了复兴崛起的势头，文化上越来越自信，正在重新建立自己认识世界、观察事物的标准，但这有一个过程。

没有标准就没有判断，一切判断都受到文化的、观念的因素的支配。美丑都是相对而言，取决于用什么样的标准来判断。比如，唐代以胖为美，到宋代变成了以瘦为美。腿细腿长未必就美，而腿粗腿短未必不美，大可不必在这个问题上过于纠结。

更进一步说，无论采用什么标准，世界上没有哪个人尽善尽美，没有哪个人不认为自己有缺陷。

只要是人就有缺陷。我所知道的人中，还没有一个人自信到认为自己的身体完美无缺，高了矮了瘦了胖了，眼睛不够大鼻子不够挺眉毛不够细头发不够黑，反正自己觉得有瑕疵。别人眼里美到极致无可挑剔的帅哥靓女，他们自己仍不满意，所以有那么多影视明星要去整容。无论看起来心理多么健康、性格多么完美、精神多么强大的人，如果你走到足够近观察得足够细，一定会发现不仅他们有不健康、不完美、不强大的另外一面，而且他们当中多数人并不认为自己足够健康、完美、强大。我断定，所有人都这样，除了上帝和疯子。

对先天的后天的各种缺陷，当然应该尽可能加以弥补，这是人生修炼的一个重要方面。但无论怎么去弥补，都永远无法达到圆满无憾的程度。只要是真实的人必定有缺陷。我们的人生修炼，还需要有另一个重要方面，学会接受自己的缺陷并与之共处。

2015年12月5日

乐意回望处，必定有美好记忆在；
向往再见面的人，必定有美好情谊在

上周五学校老师开展教研活动，学生放假一天，你用这天假期回了趟泡小。你叙述回泡小的情形大约如下：九点过从家出发，十点前到泡小南区，见到了老师，碰到了像你一样利用这天假期回泡小的同学，中午谭老在学校对面请你们三个同学吃了鳝鱼面，饭后继续在学校闲逛，遇见佳骑和别的几个同学，下午四点过泡小放学时回家。

这是你进入初中后第二次回泡小。之前有一次学校放半天假,你和几个同学约着回了泡小,那次似乎没有进到校园,在路上碰到了谭老,遇见了"巴西龟"。

在我们走过的地方中,让我们乐意回望之处,必定有美好的记忆在;在我们认识的人中,让我们向往再见面的人,必定有美好的情谊在。我想泡小六年你一定度过了美好时光,留下了美好的记忆和美好的情谊。

时光流逝,所有的经历都将变成记忆。经过光阴的过滤、筛选、重新打磨、反复锻造,人和事的意义得以浮现。每个人活在当下,却常常在记忆中咀嚼生命的味道。有时候记忆反而比当下更加真实。那些拥有美好记忆的人是幸福的。祝贺你小学六年收获了一段美好记忆,拥有了宝贵的记忆财富!带着它们继续上路,努力把接下来走过的地方、度过的时光变成新的美好记忆,用记忆财富累积成美丽人生。

这次回泡小,你第一次吃上向往已久的正宗鳝鱼面。这碗面在我们家传说有好几年了:泡小南区校门对面的面店卖鳝鱼面,二十元一碗,能否吃上鳝鱼面要碰运气,因为不是每天都卖,即便有卖还要赶早,因为晚了就卖完了,谭老喜欢在那家面店吃鳝鱼面,"巴西龟"同学运气好吃过鳝鱼面,很多同学想吃但都没能吃上。忘了去年还是今年上半年,反正泡小在光华树德开运动会那次,我中午在光华树德接到你和佳骑,商量好到泡小对面吃鳝鱼面,我们十二点过到面店时,老板说鳝鱼面卖完了。后来有个周末中午我们俩逛到泡小附近,准备去吃鳝鱼面,不巧当天不卖鳝鱼面。听你念叨鳝鱼面久了,有次赵阿姨干脆自己动手在家里做了鳝鱼面，味道不错，但不知道与正宗的鳝鱼面相比如何。现在你终于饱了鳝鱼面的口福，真是赶早何如赶巧，应了念念不忘必有回响的说法。而这顿鳝鱼面由谭老来请你们，更是增添了回味。

♡ 2015年12月6日

身体的不适，或多或少是一种偿还

"食道癌"事件过去还没几天，我身体又出状况了。周一晚上七点过我在外面吃饭，背部出现明显阵痛，那种痛或者伴呼吸发生，或者随身体姿势变化加剧，或者突然抽搐震颤扩散成一片。十点钟回到家疼痛更厉害了，躺在床上，稍微挪动变化下身体就疼得人呻吟，但躺着完全不动又不可能，在睡意的招引和疼痛的折磨相交中迷迷糊糊过了一个晚上。周二老妈请了假，一大早陪我去东门街骨科医院——你说放学回家常穿越而过那个地方，医生初步诊断为筋膜炎，属肌肉劳损一类疾病，先用药酒涂在背上烤灯，然后三个医生分别用不同的手法做治疗，最后在背上敷药，折腾了一个上午，回家继续煎中药口服。因为担心不止于肌肉损伤，下午老妈又陪我去三医院做了CT检查。晚饭后疼痛缓解睡意涌来，从八点过一觉睡到第二天九点，起床后感觉背上轻松一些,间或还有疼痛,已没有之前那么剧烈,去三医院取了CT检查结果,医生确诊胸腰部脊柱无碍,只是肌肉劳损,终于放下心来。现在,经过几天休息和医院复诊,大致恢复了。

最近两年身体的这些不适,我以为或多或少是一种"偿还"。虽然筋膜炎的病因不得而知,但我猜测与年轻时学习和工作方法不当有关。从念研究生到在机关做文稿工作那十几年,仗着人年轻身体好,一天到晚没日没夜地看书写字敲打键盘,最长的一次是2004年在办公室面对电脑坐了整整四十个小时。连续久坐让腰背承受了太大压力,现在终于要付出代价了。与同龄人相比,我出现老花眼早了些,两三年前开始老花了,我想也与用眼过度密切相关。那时候性子太急,过于贪功,做事总望速成,不懂得节制,透支了身体。现在想来,天下哪有速成的事呢,在长长的一生中,某个时间段多看少看几页书,多写少写几行字,有多大关系呢!基于自己的这些教训,我提醒你从年轻时就学会算人生得失的大账,无论工作学习都慢慢来,凡事不急不躁。具体的一个建议,看书写字做作业不连续坐太久,每隔一段时间,起来透透气放松下情绪,活动活动筋骨。有道是磨刀不误砍柴工,不在乎那一点点时间。

中国社会有一种倡导苦学苦干的苦情文化。大人从小教育孩子"吃得苦中苦,方为人上人",读书人就是要用吃苦换取有朝一日金榜题名,博得功名利禄出人头地。这种文化如此根深蒂固,以至于今天吃苦耐劳仍然是对人的正面评价,而表彰的许多先进人物都有苦学苦干的共性,有的甚至累死在工作岗位。我想,一个民族当然应该有不怕困难艰苦奋斗的精神,任何个人只有经历心志之苦才会真正得以成长,如果苦难来自环境所迫情势所逼,更必须奋起抗争,至于某些身体上的自讨苦吃则不必要。比如"头悬梁椎刺股",精神固然可嘉,但这种有意让身体受折磨的做法不值得效法。无论如何,我们应该倡导健康地学习、工作、生活。

周二下午去三医院照 CT,周三上午到三医院取结果,两次都从老东城根横街来回,看见路两边的银杏已然金黄,拖着疼痛之躯缓行其间,眼里面风中摇曳的银杏叶竟也比平常凄美几许。想起杜甫有首七律:"万里悲秋常作客,百年多病独登台。艰难苦恨繁霜鬓,潦倒新停浊酒杯。"这诗我十来岁熟读成诵,但很长时间难以体会那分无奈的苦意,这两年终于觉出了诗的好处。这也是阅读背诵的妙处,它让你在某个场景突然就面对了千年以前、万里以外的某些人,并因为分享相似的情绪而不感到孤单落寞了。

2015 年 12 月 13 日

学会在恰当处安放自己

丫头,时间真快,又是年末了。岁末年初,各种检查考核如约而至,开会时间更多了。总结反省,鉴往思来,无论对个人还是团队都必要且必须,但实际做下来往往流于形式,浪费时间拖累精力。上周我给两个分管部门说，今年部门的年度考核，每个人着重讲三个方面的情况：一是这一年哪些方面有进步，哪几项工作做得比较好；二是哪几项工作做得不够好，哪些方面还可以做得更好；三是对照工作职责，自己认为个人长处在哪些方面，短处是哪些方面，下一步怎么做足长处弥补短处。我希望分管部门的年轻人能够静下心来，认真想些事情，真正面对自己，努力养成随时自我反思的习惯。

我也在这里对将要送别的这一年作个简单的回顾。

首先，作为单位人的我。对工作我历来用心尽力，这一年仍不敢松懈，虽然业务方面上手较慢，能力明显还有短板，但是在融入新团队、找准新角色方面进步可喜。工作成绩虽乏善可陈，但为人逐渐得到大家认可，令人欣慰。

年复一年，感悟日深，越来越懂得工作不仅是生计之源，而且为我们打开了进入社会、连接世界的通道，提供了人际交往、自我实现的平台，决定着我们生活的基本内容和面貌，于是对工作更少埋怨更多珍惜，感谢它把冗长乏味暗淡无光的日子变成了充实有趣流光溢彩的年华。工作常常以添堵的方式呈现在我们面前，而妙趣横生的事情总是如此，就像寻宝或者探险，重要的在于过程。我希望你有一天能够体会工作的乐趣，享受它带给你的奇妙之旅。

其次，作为家庭人的我。这一年三次回老家看爷爷奶奶，春节是我们一家人回去，端午节前夕和中秋节是我和老妈回去，这个元旦我和老妈准备再回一次。三次去眉山看外公外婆，端午和国庆参加了老妈他们的家庭聚会。对么爹的态度更好些了，还亲自动手帮他做了两回清洁。现在你上学太早我没送了，只在每个周六送你上绘画课。越来越懂得婚姻家庭的重要，也越来越活在家庭之中了。

有些人你总是要和他们在一起，你的父母兄弟姊妹，即便不能相聚，灵魂也会相守，而经由恋爱婚姻选择作为你家人的那些人也如此。在成长中的某些阶段，家庭有可能让你感觉束缚，但你终归无法摆脱对它的依赖。从小小天地走向广阔世界，再从广阔世界回归于小小天地，探求世界的冲动和庇护身心的需求，应该是人性共通之处，这一去一回大约也是多数人共有的生命轨迹。所以丫头，希望你从一开始就有意识地去找到探求世界和安放身心之间的平衡，对家庭用心些，对你的家人好一些。

作为社会人的我。人总活在人群之中，不同的年岁周围有不同的人。风云际会已不必提，人生若只如初见亦不再想，不奢望交往结识好多新朋友了，身边越来越只有老朋友了。以前朋友之间很多我找你帮忙你托我办事的情况，现在该托的还托能帮的也帮，但越来越觉得还是缘分珍贵情谊重要，能想起就好，能记住就好，乐意相见就好。我希望一路走来的朋友们相携相扶一路走下去。

做人做事越来越注意顺势而为不唯世故本乎良心，与人相处越来越看淡利益上的纠葛。觥筹交错灯红酒绿不再能激发我的热情，一壶清茶两三杯酒恰到好处。年龄增长岁月磨人，在这红尘俗世中，终于慢慢生长成某种自律，学会把自己安放在某个恰当的地方，管它贫富贵贱。

作为我自己的我。这个角色不是每个人都有吧，但我必须用心照拂自己这个面。工作的成绩,职位的晋升,收入的增加,人们的赞许,都让人高兴,但我不是仅凭这些就可以满足的一个人,美满的家庭生活,友好的人际交往对我同样重要。这不是我矫情而是我的人性所在,我需要一个自我的精神空间。这并不玄妙,无非走走停停看看想想,每隔一段时间有机会稍稍远离工作、家庭和人群,单独面对自己的时候,我愿意发呆,躺在床上半梦半醒,或者坐在办公室胡思乱想。这几年把那些呆头呆脑的想法记录下来,成了给你说的这些话。谢谢你,让我找到一种适合的自我表达方式。丫头,我祝愿你不要成为我这种人,但你若真是这种人,我也要恭喜你。

2015年12月21日

便宜不能占

我月初肌肉劳损后暂停了打球,上周四下午终于又下球场了。运动后去西化门街你幼儿园对面的淳香阁吃素椒杂酱面。那里的服务员以前全是女生,昨天发现新来了几个小伙子。二两素椒杂酱面八块,我付钱后一个小伙子去厨房找了零,四十二块。我纳闷了,因为我明明给的是一张二十块,应该找十二块才对。回忆了一下,中午在羊市街一个药房买金嗓子喉宝,每盒五元,身上没零钱,给了张一百元,找了九十五元，一张五十两张二十和一张五元，之后没买过任何东西，运动后付停车费拿的是车上的零钱，于是确定小伙子搞错了。我把他叫过来，说我给的是二十块钱，应该找十二块钱，他多找了我三十块，这时旁边另外一个小伙子说，他也看见我给的是张二十块钱，收钱的小伙子知道自己出错了，连声说谢谢。

别人多找了钱当然必须还回去，这种便宜决不能占，稍有教养的人都该如此。这是我的第一反应，但我的反应不止于此。确定找错钱的瞬间，我还想：这会不会是一个圈套呢，故意多找你钱，然后在你出门的时候把你叫住，然后突然一帮人围过来，开始抓扯抢夺钱包？这当然是想多了，光天化日朗朗乾坤，市中心的繁华地段怎么会有这种事情！

一朝被蛇咬，十年怕井绳。很多年前，在我还在上大学的时候，确实有过自己先起了捡便宜的心思最后被人下套的经历。那以后一直告诫自己，天下从来没有白吃的午餐，占便宜的结果必然是偷鸡不着反蚀一把米，随时随地一定不能想着占便宜。

♡ 2015年12月27日

2016 年

在我看来，一个人如果能够专注于自己手上的事情并且把它做好，就算人尽其才。这是我对你的期望，也是我的自我反省。

曾经生长是主题，
现在切换成了生命

  丫头，公历的 2015 年翻篇了，今天我在电脑上新建了文件夹，以后的工作文档要归入新的文件夹了。照中国人的传统，要迎来农历新年，到正月十五闹了元宵节，新的一年才真正开启。两种历法并用，让我们不仅过了两次年，而且可以在新旧年之间这段不短的时间内，细细体味辞旧迎新的情愫。

  刚过去的元旦假期，赵阿姨陪你在家完成作业，薇薇姐姐过来待了两天，我和老妈回绥江老家。成都雾霾深锁，绥江阳光灿烂，空气清新，冬天的湖水清澈湛蓝，树木生长为新县城带来了绿意。2 号下午我们和舅舅舅妈到城郊兰亭湖农家乐喝茶吃饭，湖光山色夕阳西沉中，我第一次萌生了退休后每年回老家小住的想法。小侄女开始学走路，咿里哇啦地说简单的词，我唯一能分辨出来的是"爸爸"。

  爷爷这阵时不时头晕，前段时间血压大幅波动后，每天服用降压药，奶奶说她和爷爷睡眠大不如前，有时睡觉只是睁着眼躺在床上。我和老妈建议他们请个人帮助买菜做饭打扫卫生，我们承担费用，但爷爷坚持过两年再考虑。

在老家这几天，面对衰老加快，病痛加剧的爷爷奶奶，我一面应承着和他们说话，劝他们保重身体，一面任由悲从中来却无可奈何的情绪把自己浸透。我和老妈住新世纪酒店，几天晚上我都睡得晚，眼睛浏览着书和报纸，脑袋中萦绕不去的是衰老和死亡问题。

中国人忌讳谈衰老和死亡，所谓养老多从生活安排方面考虑，而少从思想精神层面准备，所以当衰老来临时，很多人因拒绝接受年华逝去不复当年而措手不及。我想自己还有时间，从思想上真正理解衰老是生命自然的过程，建立正确态度，在精神上坦然接受衰老的迫近，与之友好相处。无论如何，这是我们每个人迟早要在思想和精神上独自面对的事情。

在辞旧迎新的节点上，年轻时每每能可喜地发现时间留下一个个清晰的脚印，串接出向前向上的轨迹，朝向于未来。现在却感觉时间无声无息地渗入在琐屑细小无可名状中，像蒙蒙细雨飘落于巨大的湖面，不起一丝波澜，因为知道逝去的光阴永不再回来，更起了怀念的思绪，开始翻捡陈年往事了。曾经生长是主题，现在切换成了生命。

♥ 2016 年 1 月 7 日

保持求知、交往、娱乐的热情

丫头，我简单整理了 2014 年 12 月以来写给你的话，把两个文件合二为一，欣慰地看到在刚过去的 2015 年，我勤奋地写了不少于十万字。年纪大了写字慢了，表达内心感受尤其淘神费力，千把字写下来，常常四五个小时就过去了。在电脑上敲出这十万字，时间满打满算不少于四五十个工作日。

这一年的文字保持了纪实风格，记录了你的我的家里的身边的各种事，相比之前更多了自我检视、自我反思的痕迹。我以跟你说话的方式，不断朝向真实的自己，从行为、习惯、思想、意识、精神上反复进行自我清理。一年下来，少了喧嚣多了安静，少了浮躁多了踏实，少了张扬多了沉稳。

我愿意就这样岁月静好，同时告诫自己不在向内的收敛中降低对当下和未来的热度。这个告诫来自最近两个事情对我的触动。一个是本周一新年上班第一天，单位突发的事情让我下午没法在办公室做事而必须自行安排，我忽然六神无主，不知道往哪里去，左想右想勉强开车去新城市看了电影《老炮儿》。为自己放半天假，忙里偷闲求之不得，怎么变得无所适从了呢？看来我过于习惯了在一天的某个时间待在某个地方，不知不觉中正在丧失适应改变的能力和在广大世界中自由奔跑的冲动。

再一个是整理写给你的话时，发现去年12月21日我的那个年终回顾，说完当年的事情就戛然而止，一句两句关于来年的话都没有。照例该说说来年的打算，但整篇文字自然而然，并非有意为之。难道内心深处就再没有一些对于未来的向往？

多数人到一定年龄，都无可避免地落入惯常的轨道，像亘古以来地球的自转和公转，只有极少数特殊者能够例外。我们依赖这些轨道，养成从行为到思维的惯性，从中获得工作生活的条理性和安全感，与此同时，慢慢被束缚于这些轨道之中，任由它们把自己摆渡去某个地方。这一两年，我显然越来越把自己安放在一条向内收缩的轨道上，消解了生命的张力和生活的热情。

为此，我给来年的自己捎几句勉励的话。

第一，保持求知的热情。不排斥新事物，多尝试新东西，努力理解接受年轻人的想法。从使用好e代驾、优步这些工具开始，掌握新的技能，办张与手机绑定的银行卡，学会在网上购物。减少待在办公室的时间，有机会尽量走出去。

第二，保持交往的热情。多参加老朋友聚会，多召集老朋友聚会，无论吃饭喝茶还是运动。多结识新朋友，不强求朋友一定有精神上的对等交流，不先入为主地以代沟为由排斥与年轻人交朋友，须知老朋友都由新朋友而来。不怕别人添麻烦，凡事能帮尽量帮，帮不了把话说在明处，须知不少好朋友由最初帮忙而来。

第三，保持娱乐的热情。朋友邀约吃饭喝酒，能参加尽量参加。不局限在一个场地打球，多找几个去处，与不同风格的人交流切磋。多出去走走，尝试在旅途中找到乐趣。

赵阿姨回绵竹了，今天我们在外面找地方解决晚餐。明天我们一起去眉山三姨妈家和外公外婆提前团年。

♥ 2016年1月8日

有"烟火气"才有生活气

丫头，我记录下昨天的晚饭菜单。三菜一汤加主食。腌肉香肠拼盘一份，腌肉是舅舅为我们准备的，香肠是二姨妈在温江为我们做的，川味和广味都有，上周五没吃完放在冰箱里，蒸热即食；酥肉一份，元旦回老家爷爷做好让我们带回来的，在微波炉打热即食；青菜素汤一份，洗好煮熟连锅直接端上桌；豆腐乳一碟，爷爷做的，元旦回老家带回来的。主食是肉苞谷粑，之前哥哥回老家带回来的，我和你一人两个，先在锅里蒸熟然后用微波炉打干水汽。

补充三点说明。第一，菜单由我设计并操作。昨天下午从眉山回家后，你抓紧时间赶作业，我和老妈睡觉，五点过醒来，问老妈晚上吃什么，她说困得厉害还想睡，我只好自己考虑晚饭，因陋就简，将就着用冰箱里现成的东西填饱肚子。第二，我们俩上桌吃饭，老妈要继续睡觉，给她盛了素菜汤放在一边。第三，酥肉全部吃光，素菜汤喝光，肉苞谷粑一人两个全部下肚，腌肉香肠拼盘剩一半，主要是你现在腌腊食品吃得少了。

做这顿晚饭引发了我的联想。就是到饭点的时候，家里一定要有火，柴火炭火煤油炉的火，天然气灶的火，无论哪种火都成，但一定要生起火才有热度有味道有生气。煎炒煮炸炖，各种烹饪的火，红红的蓝蓝的窜跃的火苗，不仅引起食欲，更有平安祥和圆满的希望。在雾霾还不严重时，乡间村落升起袅袅炊烟，是作家笔下的温馨图画。经历长途跋涉的旅人，或者放学回家还在山路上的孩子，远远看见炊烟，心中的期望，哪里止于填饱肚子呢！

刚参加工作那几年，我和老妈住川大老五舍——当时留校工作的新人几乎都有过类似的经历，住在那栋楼的年轻老师都用煤油炉在过道上煮饭炒菜，煤油炉的气味特别呛人，整个过道弥漫着刺鼻的油烟味，但炉火燃烧带给人的希望和持久动力，比自己的研究成果获得奖励更让人难忘。那也是小姨妈后来留校工作曾经住过的地方，当时年轻的我们因着那炉火，乐在其中。冷火清灶总显得了无生趣，冬天的时候尤其如此，哪怕只燃起火下一碗清汤面，也让人温暖和踏实。人类因获取火种得以熟食而从某个方面把自己和动物区别开来。我不知道我对火的感受，是不是也来自于人类自掌握用火，拥有家庭以来，长时期积淀下来的集体记忆？

  这顿晚饭也引发了感动。在我从小的记忆中，家里边饭点时的火从来没有断过，从生火做饭到烧水洗碗，从以前烧柴到后来烧炭。除了哪家有红白喜事，爷爷奶奶带我们一起去吃饭，或者春节在亲戚家团年，家里饭点时的火苗从来没有断过。现在老家改用煤气罐了，我们现在回家还吃爷爷在煤气灶上烧的饭菜。我想，像我这样偶尔做一顿两顿饭不难，比昨天的晚饭菜品更多花样不难，难的是在五年十年二十年三十年长长的岁月中，从来没在饭点熄过家里的炉火，不管夏日冬季，天晴下雨，悲伤快乐，乐意不乐意做饭，永远没在饭点熄了家里的炉火。以前回老家吃爷爷做的饭，对我来说是亲切的家乡口味，现在一口一口品出来的，远不止于口味了。

♡ 2016年1月11日

凡事利弊共见，
得失取决于我们的态度

丫头，你嫌弃自己的手机内存小，速度慢老卡机有段时间了。前天老妈生日，我们在太古里翠园吃饭，你说想用压岁钱买个新手机。当天正好有朋友送我个华为手机，我建议你考虑买下这个手机。你说要先看型号。我昨天上午从QQ上把手机型号发给你了，晚上回家你已经睡了，没来得及讨价还价。我今早出门你还没起床，赵阿姨说，你觉得手机不错，在网上查了价格，正盘算出多少钱买到手，赵阿姨建议出五折的价，你担心出价低了，想按七折买。

我告诉你，这个手机你不用付钱了，压岁钱留着零花，我和老妈把它作为给你的生日礼物。今天晚上我就把手机给你带回来，与手机一并给你的还有下面这封信。

丫头，不纠结以几折的价来买这个手机了，这是我和老妈给你的生日礼物，奖励你进入初中以来的良好表现，希望你喜欢。

这是你的第三个手机吧，之前已经用过两个华为。我不限制你拥有自己的手机，并非其他家小朋友用上了手机我们不甘人后，我不是轻易跟风的人，从来不做这种无谓的攀比，也并非你有了个愿望我们就定要满足，我随时自我告诫，无原则的溺爱是不负责任的，作为家长在这个问题上心肠要硬一些再硬一些。我允许你有自己的手机，是因为深知无处不在的网络、互联互通的世界与你们一代人与生俱来并将长此以往，对于你们而言就像空气之于人，适应、使用它就像人在水中必须得学会游泳。

网络可帮助扩充认知领域，但同时很可能把我们淹没迷失在海量的信息之中，削弱敏锐观察、深入感受、专注思考的能力——而这些能力有助于心性的锤炼、思想的培养、情趣的陶冶和人格的养成，最终决定一个人的成长。就此而言，网络上带来的大多数信息对我们不仅无益甚至有害，对小朋友尤其如此。

关于你用手机的时间，之前我们已有约定，希望你继续遵守约定，希望你用心体会我上面这些话，既善用手机又懂得节制，以自制力克服它们可能带来的坏处，随时随地不忘要养成敏锐观察、深入感受、专注思考的能力。凡事利弊共存，得失取决于我们的态度。我相信这个手机你能用得其所。

♡ 2016年1月29日

在时间的流逝中，
我们真正值得珍惜的只有当下

节后这周上六天班，今天周四，第五天。我的生物钟还没有从过节的状态中调整过来，每天看《琅琊榜》到很晚，早上睡眼惺忪地到单位。春节，不仅触动了中国人最柔软的骨肉亲情，而且放纵了我这种人耽于安逸的惰性。

下周一正月十五。日子就要走出年关了，但我的情绪似乎还没有过去。可能必须在这里跟自己说点什么，才能在心理上送走这个年。

对于家乡，我无比亲切却又渐渐疏离。这里有我的父母亲人，每年这个时节我都回到那里，像候鸟固定不变去到某个地方，这几年爷爷奶奶越发老去，我想要回到那里的愿望越发强烈。有人说父母在时，从小生长的地方是老家，父母不在时那地方就是故乡了。我隐约地觉出，当老家成为故乡时，虽然我还会回来，但不会待得像现在这样久，去坟头上了香烧了纸钱，和几个朋友见了面喝过酒，怕就要说离开了。往日情景，最终只能在梦里浮现了。

年前龚伯伯问我在哪里过年，我说每年都回老家，他说有家可回令人羡慕，他家里长辈都不在了，每年春节无"家"可回，虽然会找个地方去，但心里总不免空落落的。是啊，在时间的流逝中，我们真正拥有并值得珍惜的只有当下，只有当下才是最幸福的时光。

说过这些，也许终于能够在心里送走这个年，在大好春光中专心做事了吧。

　　　　　　　　　　　　　　　　　♥ 2016年2月19日

我的丫头,她到底是哪种人呢?

昨天周六,是我们那帮球友约定的运动时间,下午大家在球场上流了汗,晚上就近在新华宾馆聚餐团年。年前已经说好这餐饭我请。八九个人乘着兴致,喝光了我从家里带的两瓶酒。今天早上起来洗了澡,现补记下你过这个生日的情形。

生日红包照例收了,今年红包的发送方式与以往不同,都在微信上了,外婆都在微信上发红包了。网络改变了我们的生活,微信红包成了现在过节的一大亮点,连生日贺礼的赠送方式都改变了。

过生日当天,玟玟姐姐和旸旸姐姐在群光八楼三只小猪请你吃饭。姐姐们更懂得照顾妹妹了,而你也开始自己出门参加姐妹们的聚会了。只管接受不用付出的待遇,我想你将享受到参加工作挣取收入为止。

上个生日以来,你给予我们不少新的观感。比如热情地投入新的学习生活,顺其自然地从小学生变成中学生,没有不适应;比如有了更多上进心,考试公布成绩后会计算如果哪个科目能增加几分,排名就可以前进多少名;比如更有自制力,学会控制饮食了,不吃肥肉了,体重没有再增加。

我逐渐有意识地与你讨论些新的话题,谈我对身边人身边事的看法,也问你对人对事的评价。有次聊到你的一个朋友,你说她有点优柔寡断,比如要出门去哪儿时,如果有几个地方选,她就难以取舍。虽然你的看法未必准确,但我由此确定你有独立的观察和判断能力。

这很好，有这个意识和基础，可望成为富有主见的人。

虽然你平时一副大大咧咧的样子，其实不乏细腻心思，你的 QQ 名字和签名透露了性情中的这一面。之前的 QQ 名字是"雨霖铃"，现在是"菱香"，配了个"八月菱独香"的签名。这些名字和签名不是一个性情粗疏的人会选用的。再有，虽然当面说话你有点咋咋呼呼，但是在电话上你的声音那么清澈。你喜欢宅在家里，用赵阿姨的话说赶都赶不出门，但是这个周末，竟主动陪老妈去了眉山。十三岁了，正在进入一个快速成长的时段，一定会给我们这为人父母的越来越多意料之外的惊喜。

假期你睡得晚，每天十二点过我看完电视准备休息了，你房间还亮着灯。这时候我总想，这丫头在折腾什么呢，她到底是哪种人呢，接下来会出落成什么模样呢？

♥ 2016 年 2 月 21 日

一个人能专注于自己手上的事并做好，就算人尽其才

丫头，就你的 QQ 名字和签名，我想多谈几句。"雨霖铃"，我知道是个词牌名字，但用作 QQ 名字代表什么？"菱香"又是什么意思？

我百度了不止一次，只见有八月菱角香，没见有"八月菱独香"，是你写了错字还是另有意思？这些字句是借用他人的呢，还是在原有的基础上添加了自己的意思？无论如何，类似的 QQ 名字和签名对你而言一定是有感而发，有某种特别的意义。

我在这些表达中读出了些许古诗古词的味道，不只遣词造句，更在那种意境。看来祖国的传统文化在你身上产生了潜移默化的作用。这是今天我特别想与你讨论的问题。

首先申明，不管这些影响所从何来，语文课本、老师讲授还是课外阅读，都与我无关。虽然我从小诵读古诗古词，多年以来在个人情志和表达方式上深受影响，但除了偶尔按照学校老师的要求配合你背诵古诗古词外，我从不曾想发挥自己这个长处，帮助你在学习古代诗词方面有所进益。我配合你背诵古诗古词，看重记诵之功多于情志陶冶。在周围很多家长鼓励孩子学习国学的当下，我刻意保持了分寸。

这并非我视传统文化为可有可无，如百年前新文化运动中的一批人，必欲去之而后快。中国古代诗词与我心深相契合，供给我精神养分，让我受益良多。之所以在你的教育上刻意保持分寸，是顾虑诗词这种遣志抒怀、宣泄情感、偏重感性的东西过早占据你的心思，耽搁了对事理的领会，影响心性的养成。

我们做人做事，最重要的是对事理的领会，弄清事物的真相、本质和相互联系。意志情感的表达属于锦上添花，如果没有对于事理的领会，难免流于镜花水月。小朋友增知益智，当以领会事理为第一位，应在领会事理的基础上兼及情感的表达。

历史上的诗人词客，以天纵之才、高蹈之志、空灵之性，呕心沥血于字句的锤炼，孜孜以求于精致的表达，所谓语不惊人死不休，创造出文化的瑰宝。其文字极尽描写之能事，动人心魄撼人肺腑，但大多感慨世事，情感的表白多于事理的阐明。

诗词偏于情感表白的特点，虽然受制于体裁，而造成此种体裁且绵延数百年蔚为大观，显然与我们中国人理性不足而感性有余的个性密切相关。由此更可见，所谓才华才情才性，在被赞许者大多基于感性的流露和表现，在赞许者大多基于感性的观察和评判。

风气流传，能表现丰富情感写出优美文章，常常被人称赞为有才华。我至今不看你写的东西，没帮你改过一篇作文。在我看来，加强对事理的领会，懂得做人做事的道理，始终是第一重要的功课，是否能写优美的文辞并不重要，稚嫩的年龄富于充沛的情感，反而容易伤及自身。

人既有感性又有理性，绝大多数人难以达到二者的完美结合。两相比较，我宁愿把你往理性一方去引导。绝不想你成为任何一种所谓文学青年——作为一场青春演绎情有可原，若是成为人生本色就误入歧途了。从平凡人家和平实人生出发，我愿意你培养务实态度和匠人精神，从现在到以后，始终专注于做好自己手上的事情，不好高骛远，不夸夸其谈，不意气用事，不追求有多么卓越的才华，多么精致的情思，多么深刻的思想。在我看来，一个人如果能够专注于自己手上的事情并且把它做好，就算人尽其才。这是我对你的期望，也是我的自我反思。

2016年2月23日

知是非、豁达心胸、
见事明理最重要

昨天网上传闻林嘉文因患抑郁症跳楼身亡，噩耗今天被证实。这位十八岁的高三学生，此前已正式出版《忧乐为天下：范仲淹与庆历新政》和《当道家统治中国：道家思想的政治实践与汉帝国的迅速崛起》两本专著，被认为是"解放以后最年轻的具有学术研究能力的作者"。

才华卓越前途不可限量的天才少年，青春才刚刚开启，生命就戛然结束，令人唏嘘痛惜，警醒为人父母师长者深切反思我们究竟想要培养什么样的人，到底应该怎样教育引导孩子。

听闻林嘉文自杀前，我就你的QQ名字和签名写过一段话，由不希望你太早受古诗古词偏于感性，意气过重，多愁善感的影响，说到小朋友增知益智当以领会事理为第一位，不宜太多感性，亦不必追求才华。林嘉文的悲剧，更坚定了我在你成长问题上所抱的一些基本理念。

重要的是深植是非之心。明是非，知对错，识美丑，辨善恶。懂得虽然人不一定有正邪之分，但具体的待人处世却未必没有善恶之念，要学会分清是非，辨别善恶，守住与人为善的本分。

重要的是养成豁达的心胸。懂得以天地之大，比我们优秀者比比皆是，凡事不必逞强，自己尽力就好，从现在学习到以后工作都须如此；懂得人各具秉性，我们擅长某些事情，而有些事情我们再怎么努力都做不好，不要总想事事比别人强；懂得环境不会来适应人而只能人去适应环境，很多事情不可能符合个人的意愿，要学会适应环境和顺其自然；懂得所有的努力不一定都能如愿，接受挫折和失败是家常便饭，重新来过或者就此放弃，都别介怀；懂得凡事都有变化转机，世上的事情没有最好也没有最糟，再好也好不到哪儿去，再糟也不至于天就塌下来，任何时候不得意忘形也不妄自菲薄。在正确认识自己和他人、个人和环境、意愿和结果的基础上，努力做到不骄不躁、不亢不卑，逐渐养成平和性情。

重要的是能够见事明理。任何事情，利弊得失都因人而异，有人得到就可能有人失去，对一些人有利就很可能对另一些人有害。做事必要厘清人和事情的关系，看清此事与不同人的利害关系，了然于心后有所取舍，决定自己的立场态度。做事必须知人，不仅要明了不同的人在某个事中的不同动机，而且要了解其性情，知晓其长短。所谓领会事理，首要在世事洞察、人情练达。

这三个方面是我对你的成长最看重之处，也是我在你身上最用心之处。唐代刘知几在《史通》中说，一个优秀的史学家必须具备史才、史学、史识三长。比照其看法，上述三个方面或者可以简称为德性、心性和理性。我想，从这三个方面打好基础，再慢慢培养自己的学习能力、生活能力和工作能力，走好以后的路也许就八九不离十了。

2016年2月25日

喜谈过往也是人性的弱点

我认识的人中,无论从商从学从政,但凡有些作为者,不少人进入中年后,便喜欢谈论过往,话题不外乎当初付出多么艰辛,识见多么远大,能力多么卓越,事功多么突出。其所言即便不虚,但话由自己来说,总给人显摆的感觉。"桃李不言,下自成蹊"。相比之下,那些对个人作为轻描淡写的人,反而让人觉得实诚谦逊,如果还能以自我解嘲或真诚反思的态度检讨不足,更让人增添钦佩。

始终保有朝向未来的热情是困难的事,淡薄了进取向前的意念,难免沉湎在往事回味中。人生天地间,总想证明自我存在的价值,给自己一个合适的安放。所以喜欢谈论过往、喜欢在往事中找感觉是人之常情。但这人之常情,恐怕也是需要我们警惕的人性弱点。

离开部机关后,不少老同事还来找我咨询事情,大多是岗位选择和职业发展方面的问题,有些涉及人事政策规定。今年春节前后,大家约着聚了几次,都说怀念曾经相处的美好时光。有位小同事,我曾经手办理过他的入职手续,说过去三年一直想请我吃顿饭又不好意思开口,好不容易才鼓起勇气发出了邀请。身处在那种氛围,我发现自己开始有点享受被赞扬,有了在过往中找感觉的苗头。

这不是好兆头。不能把一些客套的话当真,早早地在回忆里找存在感。我要注意警醒自己,丫头,也希望你随时提醒我。

♡ 2016年2月28日

人到某个年龄的常态

影影姐姐来成都了。她要在这里实习一个月。一切顺利的话，今年7月大学毕业后，她正式到这边工作。到时候你们五个姐妹，老妈他们五个兄弟姊妹的下一代，暂时在成都聚齐了。之所以说暂时，因为你还是个变数，大学在哪儿念，工作在哪个地方，都还未知。

舅舅是外公外婆唯一的儿子。影影姐姐参加工作是大家庭里的大事。这个周六，舅舅舅妈加上三姨妈和外婆，隆重地把姐姐送到成都。晚上一大家人在西南民族大学对面热热闹闹地吃了歪嘴子重庆老火锅。

那天餐桌上，舅舅问我知不知道奶奶住院了，说奶奶哮喘发作住院有几天了。家里没告诉我奶奶住院的事。饭后打电话给爷爷，爷爷说奶奶受了凉咳嗽得厉害，现在住了四天院，病情大致稳定了，请了人在医院护理，他白天在医院陪，晚上回家睡觉，来回大伯开车接送，要我们别担心。今天打电话，爷爷说奶奶正在做检查，确诊是否是肺结核。电话中还是说病情基本稳定，要我们别担心。很多年了，爷爷奶奶生病从来不及时告诉我，几年前奶奶中风是这样，前年爷爷头晕是这样，这次还是这样，总不想我们因此牵挂分心。过完春节还没几天，离开时奶奶都好好的，没想现在生病住院了。

好事坏事欢喜事揪心事凑到一块儿了。这大约是到某个年龄的人生常态吧。这心情你现在不懂，也许某天能够体会。

♥ 2016年2月29日

人生价值评判的标准

丫头,当初我考上大学,爷爷说他只念到中师,我读大学了,超过他了;后来我留校教书,爷爷说他一辈子教小学和中学,我教大学了,又超过他了。再以后,我读了博士,进了机关,从市级部门到省级部门,从普通员工到中层岗位,直到来国企任职。这都是爷爷未有过的经历,想必都会被视为我超过他的地方。

这是社会中多数人惯有的视角。我一路走下来,成了这个家里学历最高、职级最高、履历最丰的人,相较于爷爷一辈子在一个偏僻小县城的中学老师岗位,怎么不是一种超越呢?这也是为人父母的最大心愿,巴望儿女有所作为,乐见儿女胜于己。这也是固有认识使然,爷爷他们一代人受唯物史观影响,社会进步的观念深植于心,他本人长期教授中学政治,尤其熟悉唯物史观,信奉现在总是比过去好、将来一定比现在好,社会发展如此,而人的成长也必定是长江后浪推前浪,一代新人胜旧人。

很多年我自己也以为真的超过了爷爷,并对能够带给爷爷奶奶骄傲深感欣慰。随阅历增多认识加深,对此才起了怀疑。究竟何谓超越?从老家所在的小地方,来到这个大城市,建立起生活基础,难道就超过了一直在老家工作生活的爷爷?念书到博士,学历高了,难道就一定比爷爷更明白事理,对社会和人生的识见更深?难道多经历几个工作单位就算超过?难道在体制内走到更高的职级就算超过?实则都未见得。成长过程、学习经历、工作性质不同而已。差异的实质,是个人的机缘巧合和社会的发展进步。

我大学读历史。在那之前很长一段时间内,在当时的意识形态环境中,这个源远流长的学科削弱了自身的独立性,很大程度上成为唯物史观的从属,作用主要是诠释唯物史观的基本论断。念大学前后,在改革开放和思想解放的条件下,国外的史学研究被引进来,传统的历史研究复苏,推动这个学科重新确立实事求是的宗旨和以重建历史为己任,逐渐恢复自身的独立性。由此,尘封已久的事实,迷雾重重的真相,细微、丰富、杂乱、繁复的历史人物和历史事件重新浮现于世人面前,不断打开新的视角,引发新的思考。较之于爷爷一代,我们这一代中许多人,在接受唯物史观的同时,逐渐克服用唯物史观的论断代替对具体人具体事的评判。那种学术氛围,对我观察人和事有不小的影响。带着这种新的观念进入社会从事实际工作,接触大量的人和事,在比大学真实复杂的环境中,更促发了我对人和事多样性多面性的思考。

当我对人对事的观察评判慢慢摆脱学历、职级、工作、岗位这些外在的标签,渐渐深入生而为人的本色,我在爷爷身上看到了更多的东西。爷爷一生,与人为善从没有害人之念,安于本分淡薄名利,勤勉自持不存有机巧之心,为人子、为人夫、为人父、为人师竭尽所能做到最好,无论什么环境都坦然面对随遇而安,无论之前么爹患病,还是后来奶奶中风偏瘫,他只管想方设法帮助他们治疗,只管尽心尽力地照顾,没有半点怨天尤人。我记事以来,从来没听到他对任何人任何事有过埋怨,发过牢骚。

人生价值评判的标准，并非那么简单。方方面面，至今我还差得很远很远。怎么敢自信超过爷爷了呢！

爷爷快八十的人了，这阵照顾生病住院的奶奶，每天家里医院来回跑，由这辛苦备至想到他一生做人做事，难免感慨系之。感慨之余，丫头，我希望你懂得，观察评判人，应该努力透过外在和表面，看到人的底色；在做人的问题上，不管社会如何发展时代如何进步，在父辈祖辈面前，我们时刻要谦卑些再谦卑些。始终保有发自内心的谦卑，是我们对历史和前人应有的态度。

♡ 2016年3月3日

只需尽心竭力，
不必介怀一时结果

去年国庆到现在五个多月，工作上我无法再依赖过上愉快退休生活的老领导，新领导初来乍到，我一个早来集团的人，不可能对分管工作自己没有意见事事请他们定夺，情势所迫，我不得已要独立面对各项分管任务了。

有些工作不陌生，但大量是新任务。每天被逼迫着面对新情况，接受新信息，思考新问题，与其说是工作，不如说是学习。

这既让人欢愉又让人心烦。一方面，针对实际情况、围绕解决问题展开学习，是最有效率的学习方式。这五个多月不知不觉成了近几年我长进最大最快的时期。另一方面，头绪既多且杂不说，有些工作议而不决就那么一直拖着，有些事情找不到下家就那么搁在自己手上，有些合作谈来谈去就那么停留在意向上，平添许多愁。

我于是安慰自己，有事可做总比无所事事好，不仅每天因此更充实了，而且通过不断接触新人新事，把日子变得丰富有趣了——这难道不是我们对于工作所寄托的期望吗？再说，人的能力各有长短，做事各有机缘，凡事要经历一个过程，身在其中只需尽心竭力，何必介怀于一时的结果呢。总之，要懂得享受工作，把工作当乐趣。

❤ 2016年3月6日

你的房间总要为你留着

奶奶前天出院回家了。奶奶这次生病，到底是支气管炎引发咳嗽，还是肺上有问题，老家的医院确诊不了，又无法说服她来成都治疗。我猜测，她固执地不愿意出门，是担心来这边出了意外，不能按老家的风俗土葬了。老家至今没有实行火葬，土葬仍然是绝大多数老人的心愿。我不便说破这一点。不管如何，现在奶奶痊愈了，紧绷的心终于舒缓了。

上个周日我和老妈还有影影姐姐去了眉山，和二姨妈三姨妈一起陪外公外婆看了桃花打了小麻将。你周六答应要同去，周日早上变卦不去了，姑娘大了有心思了，随你吧。

这次聚会的一个话题，围绕婼婼姐姐结婚后三姨妈家的变化展开。三姨妈说，以前姐姐说要回来了，很快人就站在面前了，现在姐姐说要回来了，却不是回到自己这里，而是回到另外一个家。姐姐到自己原来的家已经不是回家了，而只是来看望父母了。我说，站在女生父母的立场，似乎女生最好不要嫁同一个城市的男生，如果嫁了同一个城市的男生，最好两个人有自己的家，但这不适用于姐姐他们，总不能他们回眉山了还住在两个家以外吧。

这几天一直在体会三姨妈的话。晚上你们都睡后，我半躺在沙发上，一边看电视一边瞅着你房间的门想，不久以后，这个房间也将像婼婼姐姐在三姨妈家的房间一样人去屋空，但你回来住也好，不回来住也好，总要把房间给你留着。想着想着有些惆怅了。

帮你记两个事情。一是3月12日上个周六下午你在金陵路上了绘画课后，第一次自己坐地铁回家。二是最近一次语文单元测试，满分二十分，你考十九分，全班第一名。

♥ 2016年3月16日

新地方、新人群、新话题
可以丰富对事对人的理解认知

丫头，我们的谈话"留白"大半个月了。实在是工作忙碌。3月22去上海，24号返回；3月29号去北京，30号返回后直接到都江堰开会，31号回家；4月5号清明小长假后上班第一天去杭州，6号返回。工作以来，我还没有这样密集地出过差。

这是我第二次去上海。应邀向几个来自欧洲的老外介绍集团有关情况，要求穿西服打领带。我少着正装，不会系领带，出发前几天在办公室在家里又是向同事请教又是跟着视频学习，临时抱佛脚勤学苦练了一番，但到头来还是没派上用场，开会当天直接把之前同事帮我打好的领带套在了脖子上。当我人模狗样地走进会场，发现自己打扮得比几个老外还正式。

这是我第一次到杭州。入住望湖宾馆，西湖就在窗外楼下不远处。谈事情约在西湖边坡地上，以前张静江住过的别墅，那天下午天气晴朗，大家把桌子椅子摆到院子里，泡上龙井，朝向西湖，露天而坐，边喝茶边谈事。晚上下一宿的雨，第二天清晨细雨蒙蒙，我利用上午半天的空闲，自己去了灵隐寺，上了飞来峰，返回宾馆的途中车览了雷峰塔。

以前一坐飞机就睡觉，去年下半年以来登机后不睡了，立马关上手机，拿出随身带的杂志报纸开始阅读。空中飞行成了我专心阅读的快乐时光。

快节奏的工作调校着我的生物钟。要赶早班飞机就不能睡懒觉，约了中午谈事就没办法午休，一段时间下来，雷打不动的习惯松动了，早起不那么难了，午休并非必须了。这节奏也重塑了我对生活的感受。不出差的时候，早上步行到单位，烧水泡茶，随意浏览网页看看新闻，日子重新变得云淡风轻、饶有意味。每次出差回来，走进院落，爬上八楼，开门看见拖着慵懒步子迎过来的鸣弟和继续蜷缩在沙发上睡大觉的包子，家的温馨扑面而来。张弛动静的变换为平常光景增添了层次。

在去年10月以来出差去往的地方中，西安、上海、合肥和杭州我都是第一次到访。以前出差大多与机关同行做交流，现在面对的人尽管都在大文化的范围内，但体制内外国有民营各行各业都有。以前出差主要为开会，现在多半还会有座谈，但不像开会那样正襟危坐，话题宽泛许多，形式随意许多。

新的地方、新的人群、新的话题丰富着我对事对人的理解认知。以前对西湖的印象，从"接天莲叶无穷碧，映日荷花别样红"中得来，从"欲把西湖比西子，淡妆浓抹总相宜"中得来，经过近距离打量后，西湖不全是他人记述的那个西湖了。再哼唱你教会我的《印象西湖雨》，我的"印象"可能不同于你的"印象"了。

旅途累积起来的点点滴滴，潜移默化地改变着我的知识背景和认知结构，让我的视野更开放更宽阔更真实。我明确意识到，自己正在借由"行万里路"，打开新的学习渠道，发生着积极的变化。

❤ 2016年4月8日

穷则思变

近段时间打球，运动流汗以外，更增添了尝试新战术的乐趣。从在水泥台子上学打乒乓球到现在我都采取直握拍，但很长时间内对胶皮没有选择，正反胶都打，十年前重新拣拾起这项运动，就固定用反胶胶皮了，正反面都是反胶。前不久换球拍，我选用了硬度更大些的底板，把反面的胶皮换成了长胶。不同的胶皮需要配合不同的速度、节奏和力量。换球拍以来，我一直在努力磨合正面反胶、反面长胶的打法。

换球拍与我同李叔叔的几番对阵有关。他四十多岁，为控制体重开始打球，几年前他在青白江工作时，我去打过球，当时我占上风，他调回成都工作后，去年底我们打了次球，我连输两场，今年春节后约过一次，我继续失败。李叔叔以前正反面都用反胶，现在反面换成了长胶，我很难适应他反面长胶的打法。这启发了我选用新的胶皮突破原来打法的念头。

换用新球拍一个多月了，起初很难驾驭，现在偶尔能打出与原来旋转、弧线不同的球。新的胶皮和战术逐渐发挥效果，让谙熟我路数的对手猝不及防。比如黄叔叔，他体力好防守好相持能力强，以前每次和他打场比赛下来，都累得不行，昨天晚上和他打了三场比赛，没以前那么累，而且还胜出了。

我不是个乐于创新的人，性格因循多于创新。过去十年我从来没想过要换用新的胶皮，虽然身边一直有球友在这么做。这次受李叔叔的刺激和启发,尝试了新的打法,体会了改变带来的乐趣。古人说:"穷则变,变则通,通则久。"这也是穷则思变的一个事例吧。

2016 年 4 月 13 日

人与人之间如何称呼,
很大程度上取决于具体人际关系

丫头,你和同学开始热衷于给老师取诨名。班主任罗老师叫"小京京",每天回家都说"小京京"如何如何,现在我们也跟你叫罗老师"小京京",问你"小京京今天生气没有",或者"小京京今天有什么举动"。昨天回家你很高兴地说,下个周四开始,以后连续几个周四都可以比现在提早放学,因为接下来这段时间逢周四"小京京"就要出去参加教研活动。

参加工作不久的生物老师,你们叫她"小端端"。"小京京"和"小端端"的称谓,都来自他们名字的最后一个字。体育老师叫"高太君",因为个子高瘦。英语老师张 Sir 叫"呆毛"——你最先这么叫,现在你们小组内几个人私下也这么叫,因为他头上总有几绺头发飘逸在那里。

我们小时候也给老师取别号,小学有位教数学的王老师,抽长杆烟斗,我们调皮时他会用烟斗轻轻敲击我们的脑袋,于是我们私下叫他"王烟杆儿"。如今,这位王老师已经过世了。

称呼一个人诨名,可以拉近人际距离。比如"小京京""小端端"这类诨名,充满亲切感,算一种昵称,虽然你们只在私下这么叫。但也很容易因为称呼不当给别人带来歧视和侮辱。比如拿别人的身体特征开涮,腿脚不便的喊"瘸子",头顶脱发的喊"秃子",脸上有雀斑的喊"麻子",以及"瞎子""矮子""胖子"之类。总之,给别人取诨名和喊别人诨名,一定不要拿别人的身体特别是身体残疾开涮,一定不要涉及别人的家庭和父母,一定不要牵扯到别人的民族和宗教。

人与人之间如何称呼,很大程度上取决于具体的人际关系。有些诨名其他人可以叫,但未必适合你叫。喊别人诨名之前,一定要想想这么叫有没有不友善的意思。如果叫了以后感觉到人家明显有不舒服不自在,立刻就要改口。除非关系特别亲密的人,绝大多数情况下,还是中规中矩地叫大名好。不熟悉的人坚决不叫诨名。

2016 年 4 月 14 日

个人常有无名之火，
控制情绪是必须的事

丫头，现在你常把"我是有自制力的人"这话挂在口上，而你也确实越来越能够自我节制了。

每天晚饭后该干啥干啥，不管我和老妈在家不在家，不管我们在家做什么，你都能够专注于做自己的事情。周日到周四晚上，碰上作业不多，又有喜欢的电视节目播出，会坐下来看会儿，但无论节目多么精彩，都按时洗漱，保证在十一点上床睡觉。前天晚上央视六套播出俄罗斯影片《这里的黎明静悄悄》，你完成作业后坐下来和我一起看了十多分钟，临到十一点自己洗漱休息了，虽然你说很想看完这部电影。

我们早和你约定了使用手机的规矩，周五放学后自主使用，周日睡觉前交出，但有一段时间执行得不好，周一到周四时放学回来也想着玩手机，周日睡觉前非得说几次才心不甘情不愿地把手机交出来，为此我们绞尽脑汁把手机放到你不容易发现的地方，多数时候藏在衣柜的那堆袜子中间，同时把家里的平板电脑全部加密。现在好了，周日晚上睡觉前自觉自愿地就把手机放到鞋柜上，我们也不用费心要专门想个地方藏手机了，周一到周四手机在眼前也视若无睹了。

顺带记下，今年的生日礼物，金色华为手机，不小心摔了两次，两次都破了屏。上一次摔坏后，你本来打算用自己的压岁钱去修，打听后觉得有点贵，最后请 M 阿姨找数码广场的熟人修，花了两百多块钱，还专门贴了钢化膜。没想钢化膜也不顶用，清明节小长假第二天从花岛返程时又摔了,这次你说暂时不修了,将就用着再说。

我特别注意到,你开始有意识控制自己的情绪。以前每次说到你不高兴的事,立马扯开嗓门嚷嚷不休。最近说到不高兴的事,你还是会扯开嗓门提高分贝,但说上两三句话就马上刹住,然后降低分贝放慢语速,把说过的那两三句又重复一遍。这先扬后抑,说明你已经意识到之前的态度不妥,重新把自己调整为温和的姿态。这种情况近段时间发生好几次了。这是很了不起的一个进步!

生活中诱惑既多,而个人常有无名之火。节制欲望和控制情绪都是很难的事。即便到我现在这个年纪了,不少时候还是管不好自己。老子说:"胜人者有力,自胜者强。"隋朝人王通说:"自知者英,自制者雄。"我们以此共勉!

2016年4月15日

不知道要多久才放心
让你独自行走在这闹市之中

前天周五,放学时突然下雨,老妈打电话让赵阿姨带伞去接你,赵阿姨还没到,你已经在校门外的小商店花十块钱买了伞自己回了,路上错过了赵阿姨，到家进不了门，去了蕊言家，用她们家电话告诉老妈你已经回了，还说以后碰到这种情况都不用接，你自己知道想办法回来。

昨天周六，你下午的绘画课在环球中心上，苗苗老师安排你们参观一个画展。我和老妈觉得环球中心太大，很容易让人找不到北，都表示愿意送你，但你决定自己坐地铁前往。你一点过从家里出发，不久在微信上说到环球中心了，很快又说已经与老师和小伙伴会合开始参观画展了，三点过说参观结束正去坐地铁回家，然后是你就回到家里了。

你去年上初中后，上学放学就自己来回了。学校离家不远，只需要过两个路口，东城根街和羊市街西延线交叉处有红绿灯的路口和东马棚街的路口，路况不算复杂，我们不担心路上的安全。前不久你提出周六下午在金陵路上绘画课后不用再接了，3月12日课后第一次自己坐地铁回家。这之后，你单独出门参加了几次"五朵喇叭花"聚会——你们五姐妹建了个群，取名为"五朵喇叭花"。

树德实验中学离家很近，金陵路稍远些，环球中心在三环以外绕城边上更要远些，你独自出门走得越来越远了。我曾经看着满街如织的车流和繁忙杂乱的交通感叹，不知道要多久才放心让你独自行走在这闹市之中，现在看来我是杞人忧天了。

你将从此不断拓宽自己的活动范围，从这个城市走向地北天南。但我希望你不只走向地域上、地理上更广大的空间，更能有意识地进入文化上、人性上、情感上更广大更深邃的空间。你喜欢哼唱萨顶顶的《自由行走的花》，祝愿你在从地理到精神的空间中，真正做一朵自由行走的花。

            ♡ 2016年4月17日

从不管作业，
但找一切机会听你对人对事的态度

  上初中后，你们月考、半期考、期末考但凡考试都要排序。你在年级的排名都在两百名左右，最近一次月考全年级排174名，班上列第9位。这全是你自己折腾的结果，已经非常不错了！

  从你读小学到上中学，我们从来不辅导你做作业。在我看来，是否适合读书考试，很大程度取决于与生俱来的天赋，后天努力不能说没有作用，但效果有限。是那块料，自然不用旁人来敲打；不是那块料，旁人再操心再使力也白搭。不仅如此，能读书能考试固然好，读不好书考不好试也没啥大不了，不等于做不好别的事，以世界之大天地之宽，个人成长并非只有读书考试一座独木桥。这可能是我们对你读书考试"放任自流"的原因吧。

  我从不管你的作业，但是我仔细观察你的所作所为，找一切可能的机会来和你说话,听你对人对事的态度,告诉你我对人对事的看法。我想,与帮助你在知识上打牢基础相比,帮助你在精神上、道德上、人格上、情感上、习惯上打牢基础重要一百倍,在一个知识信息唾手可得,而精神、思想反而匮乏的时代尤其如此。这是我认为更值得追求的家庭教育的目标。

2016 年 4 月 18 日

后天补短是每个人与生俱来的使命

我上一周都在忙。周一开会,周二接待外地客人,周三开会,周四又接待另外一批外地客人。忙碌中拣到两个偷闲的机会。周二下午谈完事后,我安排好同事陪客人吃饭后,到球场运动了两个小时。周四的接待原计划两天,因为客人临时有事,两天的安排压缩成一天,当天下午六点在机场送走客人,我又去球场运动了两个小时。

周三,集团在二仙桥开发的一个地产项目召开销售总结会,楼盘在上个周五售罄,我兼任项目公司董事长,自然要和大家庆贺一番,那天我说:"无论工作还是生活,要有向往端起酒杯、向往开怀畅饮、向往一饮而尽的时刻,让沉淀在心中、蓄积在心中、压抑在心中的热情和力量喷薄而出,这样的工作和生活才有起落、有抑扬、有滋味、有意思"。这些话算是我现在工作状态的一种写照。

在你来我往，频繁接触各色人等的过程中，自我感觉面对陌生人少了拘谨和胆怯，多了自在和随意。这变化对我而言实属不易。

在周围人眼里我不是个拙于交往的人。但我要老老实实地告诉你，从小到大我都有些害怕与陌生人打交道。打小的羞涩不说了，成年后面对陌生人难免的紧张拘束伴随了我很多年。

这紧张拘束一定程度来自对未知领域的茫然。比如在大学低年级面对高学历高职称的人总是紧张拘束，后来自己读了硕士博士熟知了学术圈，再与高学历高职称的人打交道就不那么紧张拘束了。但主要还是个人性格的原因。我太过敏感，过分在意别人怎么看自己，总担心说得不对做得不好给人留下负面印象。有一段时间，我把这种性格特征归因为成长经历，认为我这样来自偏僻地方、草根社会和普通家庭的人，都难免有极度自尊和极度自卑相夹杂的敏感。现在看来不是那么回事，纯粹是个体因素。

逐步克服紧张拘束得益于知识的拓展、阅历的扩充、经验的积累，但根本上得益于自我反思、自我完善、自我确认。一方面，以不断地自我认知接近真实的自己，正视和克服自身的问题；另一方面，不断尝试着学习，自己与自己和解，最终完完全全地接受真实的自我——我就是这个样子了，我愿意做这个样子的自己。在这个过程中，慢慢地消解不必要的自尊和自卑、无端的敏感，慢慢地学会不必太在意别人的印象和评价。这场修炼，持续了大半生，而且还将持续下去。

丫头，每一种性格都优劣并存，有其长必有其短，我们无法决定自己属于何种性格，但我们也并非只能听天由命，通过后天的修炼，不仅可以扬长避短，而且能够在相当程度上弥补先天的不足。这也是我们每个人与生俱来的使命。

♡ 2016 年 4 月 23 日

周日"大餐"

昨天周日，我们俩又去吃了顿"大餐"。

我 10 点半先下楼，擦洗干净闲置已久沾满灰尘的自行车，你带着钥匙下来后，我们 11 点从院子骑车出发，从东城根街经西华门街上人民南路，沿人民南路到二环路左拐往东到高攀路、桂溪路，从科华南路经世纪城路，12 点 20 分到目的地洲际酒店，全程一小时二十分钟。这是我们俩骑过的路线，以前感觉挺远，昨天不知不觉就到了。

"大餐"是你的叫法，是洲际酒店一楼周末的自助餐。记不清前年还是去年，我们骑车去那里吃了一次自助餐，酒店周末自助餐的价格比平日高，也照例额外给每位客人派送了一份龙虾，龙虾蒸得不错，你当时赞不绝口，过后念念不忘，从此把洲际酒店周末有派送龙虾的自助餐叫"大餐"了。不久后我和你又骑车去过一次，我们坐下来便问服务生"派送的龙虾几点上"。我们的经验，派送龙虾都在一点钟左右。我们昨天安排在11点出发，也是预计到骑行时间大约需要一个半小时，12点半到达后坐下来很快龙虾就可以端上来了！

初中以来，你上学以外大部分时间在家做作业，出门运动的时间少了，而我和老妈不希望你老把自己关在家里。前天老妈说，你们好久没骑自行车了，要不明天你们骑车去哪儿逛一趟。我提议我们去吃"大餐"，还说五一小长假我和老妈要回老家看爷爷奶奶，再下个周末我要去井冈山参加培训，如果这个周日不去的话，就只有等六月中旬我回来以后才有时间了。你乐意地接受了提议。幸好你还有这份向往和渴望，否则我们还真找不到别的东西来吊你的胃口，哄你骑自行车出门。

两点从洲际酒店返程，天气晴好，阳光灼烈如初夏，你望了望天说："云层正在变厚，可能要下雨，我们要骑快点。"我心里并不很信。我们从世纪城路、天府一街到益州大道，穿桐梓林、二环路上到人民南路，这时阳光逐渐暗淡下去，到了天府广场，天整个地阴沉下来了。虽然雨到今天早上才落下来，但你看云识天气的本领不能不让我刮目相看。你诸如此类的兴趣和本领，常让我隐约感觉到其中潜藏着我凭自身经验无法预知的你的未来。

回程路上我说："我们应该多发掘几个这样的'大餐'。"你说："我们的食谱是太单调了。"我要努力再找出几个有可口饮食同时路程合适的去处，哄你多骑车运动。

2016年4月25日

每天守着你成长，
是幸运又无比满足的事

丫头，从今天开始，我要在井冈山干部学院学习一个月。我已经在井冈山了，在学员宿舍听着窗外的雨声跟你说话。

2006年我去澳大利亚和新西兰参加培训待了二十三天，当时你三岁。2014年去德国和法国前后七天。这次出来学习，是你出生以来我不在家最久的一次。在十多年的时间内，我和老妈基本上做到了每天守着你成长，这对我们是极其幸运、无比满足的事。

为了赶从成都直飞井冈山的航班，我今天早上5点过起床，收拾停当出门前，轻手轻脚地进到你房间，本来只打算看一眼，却没想还是把你惊醒了，于是又再道了再见。

你问我学习中途要不要找机会溜回来。今天报到后看了教学日程，周六周日全部排得满满当当，绝无可能溜回来了。这一个月我们不能每天一起吃饭聊天了。

这是我第二次来井冈山。1996年，我到江西参加全国高校系统的一个理论研讨会，第一次到井冈山。当时还写了两篇随笔记述那趟旅程，一篇题为《在江西吃红烧肉》，在《人民日报》刊出，一篇题为《井冈月》，在《中国教育报》刊出。

昨天晚饭后，我翻箱倒柜在一个沾满灰尘的布袋中找到那两篇印成铅字的文章。在布袋中一同找出来的，还有当初我刊在各种报纸上的其他文章，那些报纸已经被发散的油渍浸得字迹模糊了。它们多数出在我在川大教书那两年，浓缩了一段青春岁月。一边翻检这些文章，一边对你大大地炫耀了一番，看你脸上流出钦佩的神情，我心里得意万分。

♡ 2016年5月7日

你相信什么，
你就选择了做什么样的人，
过怎么样的一生

丫头，来井冈山第三天了。学院坐落在群山之中，竹木葱郁，校园内的山间步道，走过的同学说中等速度来回要一个多小时。这个季节最显著的天气特点是雨多，来这儿三天都下了雨，随时可能下雨，今天上午阳光灿烂，午后又晴转雨。雨水多了就很潮，刚到那天下午手洗了件衣服，晾在卫生间现在只干到一半。学院条件都好，早中晚的自助餐没有口味上的不适，健身馆可以打篮球、羽毛球、乒乓球，有自助洗衣房，但我还是准备开通洗衣服务。

上了两天课。昨天全天现场教学，上午在烈士陵园，下午在博物馆和茨坪旧址。今天上午课堂教学，下午分组讨论，晚上看音像片唱红歌。由这两天的课程安排，可见培训的重点在强化理想信念，激发信仰力量。

利益、情感、认知和信仰，四种因素交织着支配人的行为。这其中，利益驱动、情感驱动切近人的本能，处在人之常情的范畴，认知驱动、信仰驱动超越人的本能，进到人之自觉的层次。信仰与认知密切相关，但信仰不等同于认知。由于认知不仅与人的智力水平密切相关，知之和行之也还有很大距离，因而信仰对人的行为有更纯粹的支配力量。你相信什么，你就选择了做什么样的人，过怎么样的一生。

谈信仰对现在的你还有点早，对现在的我却是无法逃避的问题。人到中年，做什么样的人过怎么样一生的问题，反而比年轻时越发紧迫地提到面前。我想，通过结合学习梳理过去这些年的思想脉络，深化对人生角色的思考，有助于我把下半生走稳走好。

不知道自己怎么被选进了这个培训班，但我毫不怀疑班上六十多个同学多数是同龄中的精英。与优秀的人相互切磋砥砺，反观自我，定会受益匪浅。

● 2016年5月9日

透过历史遗迹，
体会一代人的追求和坚守

丫头，昨天放晴了，气温有所上升，前天晚上洗的衣服，昨天下午基本上干了。同学间慢慢熟了，我们几个喜欢运动的同学经过相互切磋球技，相对更熟稔些。

进入陌生的人群都有个逐步熟悉的过程，不用急着让别人知晓自己，也没必要刻意和人套近乎，保持人际相处应有的礼貌就好。人以群分的原则自然而然地会为你在这人群中定位，把你和某些人连接起来，创造相互了解乃至结成朋友的机缘。

今天上午自学，不到十点读完了指定篇目，午餐时间还早，到茨坪镇上溜了一转。这是来校后除现场教学以外我第一次出校门。在江西语言里，"坪"和"井"都是山间平地，"坪"稍大而"井"略小。茨坪叫"坪"，其实还是小，一个叫"天街"的商贸市场和一片配有人工湖的园林构成镇的中心区域，大大小小的宾馆分布在周边。阳光炙烈但树下阴凉，这种天气最宜着短袖加外套。

今天中国无论大都市还是小集镇，外观上都是千篇一律，少了个性化，但只要有心，多少还是能够对隐伏于外观之下的文化和精神脉络有所感有所得。井冈山是中国革命的圣地，植下了中国革命的重要基因。希望有天你能来到此时我所在的地方，并去到更多中国近现代史和中国革命史的故地，透过历史遗迹，体会一代人的追求和坚守，从大量事实和无数细节中领会一段历史，在读懂昨天的基础上理解今天。即便抱有不同的政治取向,也要对那一代人和那风雨历程保持虔诚和敬畏,不拿历史上的人和事开涮,任何时候绝对不作人云亦云的调侃和恶搞,以免让人嘲笑你无知浅薄和我教女无方。

2016年5月12日

历史是一种思考方法、一种让思维臻于严谨的途径

丫头,今天从萍乡出发,中途在花莲开展现场教学,下午到永新参观湘赣革命纪念馆和贺子珍纪念馆,晚上住永新宾馆。饭后到宾馆附近溜达一圈,回到房间来接着说话。

对20世纪前期社会思潮从温和转向激烈、从改良转向革命、从寄望于社会上层转向寄望于社会中下层的演变脉络,我比绝大多数人都熟悉。但对于思潮转变所带来的社会影响之深、波及之广,老实说鲜有具体的认识。这两天的行程,很大程度上填补了这种空白,让我对从大革命到土地革命战争那段历史的理解丰满许多。曾经从教科书上读到的概括性的叙述,在得到大量事实和细节的补充后,终于变得鲜活和生动了,从中真正理解到何谓时代潮流浩浩荡荡,何谓星火四起遍地英雄,何谓风起云涌波澜壮阔。中华人民共和国成立近七十年了,

改革开放近四十年了，社会承平日久，历史渐行逐远，对很多人来说已经恍若隔世了。

无法温和就只能激烈，无法改良就只能革命，无法依靠社会上层就只能动员社会中下层，无法依靠老朽就只能寄望于青年，而知识阶层作为一种独特力量活跃在每一次变革之中，大约是中国历来改朝换代和社会更替的重要特点。历史不会重演，但由社会基本面所决定的某些重要特点，势必将反复地在历史进程中表现出来，虽然承载这些特点的具体形式可能大相径庭。忘记历史意味着背叛，不能忘记的正是由社会基本面所决定的某些重要特点。

说了这么多与历史相关的话，并非为激发你对历史学习和研究的热爱。以后学什么专业应该由你自己决定。没有对一个学科的热情和天分，无法在其中找到乐趣，我不劝你学。我想说的是，历史不仅是个学科，而且是一种思考方法，一种看待问题的视野，一种让思维臻于更加全面、严谨、扎实的途径。我希望你对此有所用心并善加利用。

♥ 2015年5月14日

对人对事，
应努力超越形式看到实质，
不论新旧只问对错

今天下午上党性修养课。下来同学们私下交流，好几个人说这堂课内容陈旧，缺少新意。我的感受与此有所不同。

在我看来，新旧只是表达形式，对错才是根本所在，关键在对问题的回答是否正确。正确作答之外还有好的表达形式当然能够加分，不能正确作答，表达形式再新再好，都是白搭。这堂课讲的确实都是"老话"，但这些"老话"对于问题，无疑做出了正确的回答。

一段时间以来，追新逐异、标新立异成为时尚，酿成一种不问是非对错，一味以新旧区分高下的浮躁心理。人们喜欢"新话"，总以为"新"代表社会的方向，揭示未来的真理，忘记了"老话"经过时间的检验，包含深刻的道理。

我也曾经"喜新厌旧"。大学一二年级，喜欢那些敢于批驳传统观点、批评他人看法、批判社会现实、表达个人见解的老师，听他们上课总是热血沸腾，不欣赏那些中规中矩讲课的老师，上他们的课总是恹恹思睡。后来眼界扩展思考加深，才恍然领悟踏踏实实、中规中矩是读书治学正道，而标新立异、逞己之能不免有哗众取宠之嫌。

天下没有那么多新见解，吸引眼球的东西、耸人听闻的东西，新则新矣，而是非对错尚未可知。

丫头，新旧只是形式，是非对错才是实质。真理总是以朴素的形式存在，正确的东西常常包裹在陈旧的外表下。对人对事，我们都应该努力超越形式看到实质，不论新旧只问对错。

2016年5月31日

人的成长源于自我完善，自我完善以自我否定为前提

这次参加培训，好些授课老师都有这样的开场白："在座的都是同龄人中的精英，你们今天能够来到这里，一定有你们的过人之处。"这话触动我思考——我有啥"过人之处"呢？

人的资质各有不同，多数人或多或少都有人所不能之长。所谓"过人之处"，很大程度在于比多数人更明确地意识到某些品质的重要性，并为培养这些品质付出比多数人更大的努力。如果一定要给自己找一个"过人之处"，我想那就是不断地自我认知，承认自己不够好，努力把自己做得更好。

人的成长源于自我完善，自我完善以自我否定为前提。一个人有没有自我否定的意识和能力，取决于卑以自牧还是自以为是。一贯自

以为是的人,不可能萌生自我否定的意识,养成自我完善的能力。只有始终虚怀若谷,才有可能在自我否定的基础上做自我完善的功课。

　　培训近尾声了。想起还不曾好生看过井冈山的夜色,去校园溜达了一圈。经过白天艳阳高照之后,夜晚天空澄澈,空气如雨后般清新,远处山顶上是挂在天边的星星,头顶上也是星星。这样的夜,把人的心思也变得明净如水。

　　盼望着回家了。而明天离开以后,或者很快会怀念留在这里的一段时光。

♡ 2016年6月6日

养成阅读习惯,
享受这种打发时光的有趣方式

　　"What a pretty day!"昨晚饭桌上,你冒了这句英语,还说"不这样说不足以表达我现在的好心情"。至少从我培训回来开始,你几乎每天都在念叨还有多少多少天就期末考了,还有多少多少天就放暑假了。昨天考试结束,终于迎来了期盼的假期!

　　你已经安排好明天先去绵竹赵阿姨家待几天,7月8号家长会之前回来。我和老妈准备请年休假。配合你实施筹划已久的旅行计划。

昨天晚饭前,我们简单商量了你假期生活的安排。就两个事征求你的意见:第一,要不要报个英语或者数学提高班;第二,要不要选个运动项目上个培训班。你的态度是"坚决不",没有商量余地。

对于上提高班,我本来也不以为意,只不过看周围的同龄人都在上这样那样的班,觉得还是有必要听下你自己的意见。至于参加个运动项目培训班,虽然知道你十之八九不乐意,因为这么多年来我坚持运动的习惯都没能引发你的兴趣,但还有点心存侥幸。无论如何,我希望你能培养运动的热情并享有那种乐趣。

给了你两个建议:一是每天适当留点时间温习功课,二是利用假期多读几本课外书。

上个周六我们去了天府书城,你自己按照老师的要求买了三本书,《朝花夕拾》《骆驼祥子》《钢铁是怎样炼成的》;我为你另外选了四本书,以色列作家的《人类简史:从动物到上帝》、杨渡的《一百年漂泊:台湾的故事》、梁实秋的《人生不过如此而已》、龙应台的《目送》。与运动一样,我希望你能逐渐养成阅读习惯,享受这种打发时光的有趣方式。

2016 年 7 月 2 日

在身心健康和
学习工作进步之间找到平衡

井冈山回来这一个多月,总感觉有些浑浑噩噩。可能与天气炎热有关系。我以前不怕热,喜欢过夏天,最近几年开始怕热,一到夏天就毛焦火辣。也与工作推进不顺有关系。有些工作从年初着手研讨论证,反反复复投入大量时间精力,眼看一年过半还未能形成统一意见付诸实施,心里着急却无处下手,人困在其中难免心气受挫。

更直接的影响,来自于接二连三的身体不适。先是嗜睡,每天出现两次,分别在上午九点半左右和下午五点左右。以为感冒了,但并没有以往感冒后咳嗽、发烧、头疼、流鼻涕等症状,只有难以抵御的睡意困得人眼睛睁不开,脑袋昏沉沉。

嗜睡持续半个多月缓解后,牙齿又出了问题,一颗门牙掉了一块,多年前补过的几颗牙时不时隐隐作痛,让人吃饭不香胃口不爽。上周四下决心去看了医生,补了门牙,为另外一颗门牙定做了烤瓷冠,预约下周再去看。

眼睛花得越来越厉害,近旁的东西越来越混浊,如果不摘眼镜,几乎没法看书看报看手机。记忆力下降了,常想不起人的名字,甚至想不起昨天的事情,思考的集中程度、敏捷程度、深入程度也在降低,表达对问题的看法变得迟缓而费劲,有时几个小时写不出几行字。

你干爹说他这两年也不断出现各种不适。人到中年,身体机能在切换调整。都说女人有更年期，看来男人也无法逃脱生命的节律，不得不更这个年。

同龄的同事朋友，多数先先后后或多或少有了老花眼的症状，与他们相比，我不仅老花眼出现得早，而且程度更严重。有医生朋友说，可能与我之前用眼过度有很大关系，特别是长期面对电脑严重损害了视力。

四十岁前的二十多年，对课业和工作我用力太猛，过度透支了身体机能。这是我个人的教训，可能也是我们那代人中很多人付出的成长代价。

这些感悟对我来说来得晚了些，但对我理解你的成长正是时候。丫头，成长的路上，希望你汲取这教训，始终注意以正确的态度和恰当的方法，在身心健康和学习工作之间找到平衡，任何时候都不以损害健康、透支身心换取学习工作的进步，真正实现比我们更加全面、均衡的发展，长久地保持强健的体魄和丰盈的内心，保有蓬勃的生机和葱茏的朝气。

♡ 2016年7月17日

有意识地储备知识，坦然顺应变化

这周一我坐早上的航班从成都到合肥，周二上午从合肥乘动车到南京，周三从南京返蓉。今天周四，接着说对眼睛老花的感想。

小时候看小人书，书中的老奶奶通常近旁放有一副眼镜，穿针引线时戴上，做完针线活取下来。那时候以为上了年纪眼睛不好了就需要戴眼镜，并不曾想戴眼镜是为了看远还是看近。

小学到初中到大学的记忆中，没有留下平常戴眼镜的老师摘了眼镜看东西的情形。到机关工作后去领导办公室送签文件，见平时戴眼镜的领导看文件时常常把眼镜取下来，不曾想是何原因。开会的时候，见主席台上平时戴眼镜的领导讲着讲着摘下眼镜看笔记本，然后戴上眼镜对着台下的人继续讲，没深究怎么会有这个动作。做文稿工作那几年，凡领导讲话稿，按标准格式排版印发的同时，要为领导本人备一份字体更大的稿子，通常用二号或者小二号字。我理解这是为了让领导看得清楚，并以为领导像我一样眼睛近视。现在自己眼睛老花了，上面那些早先的疑问才有了答案。

我的奶奶不戴眼镜。你的奶奶现在只戴近视眼镜，我离家读大学时，你的爷爷不戴眼镜，也还没用上老花眼镜。家庭方面没有提供关于老花眼的知识和经验，从小学到初中的学校教育也没有与此相关的课程。知道有老花眼这回事后很长一段时间，我和很多小伙伴都天真地以为，远视是近视的逆转，当老花眼到来时，我们这些戴上眼镜的近视眼，就可以愉快地扔掉眼镜，重新变得明眸善睐。想到我们这些近视眼丢开眼镜时，那些视力完好不戴眼镜的人将要戴上老花镜，我们还为此沾沾自喜。在我们所受的教育中，关于身体的知识、生命的知识实在欠缺得厉害。

就身边朋友而言，男生眼睛老花比女生出现得早，程度似乎更深，不清楚是否有生理方面的科学依据。但不管男女，到某个年纪或深或浅都会有老花眼的症状，以及各种各样身体机能的变化和衰退。我记下这些，不仅希望你了解眼睛老花这个事，当它降临到身上时不至于像我一样无所适从，而且希望你从现在就有意识地学习和储备关于身体的知识、生命的知识，坦然地顺应身体的变化、生命的周期，在每个年龄段做好自己。

♥ 2016年7月21日

走出低潮期的感觉真好

身体像灌了泥，脑袋像黏成糊，情绪像池塘干涸枯竭，不起悲喜的涟漪，整个人迟钝麻木如泥塑木雕，加之睡意不时来袭，眼光老是昏沉——如此种种，经百度一番后，我自行诊断为"更年期综合征"。

我可能作了一个错误的诊断。

这周二，你和老妈飞阳朔开始暑期旅程的当天，下班后我赴约去宽巷子与朋友喝茶，不紧不慢走过去，隐约察觉脚步较以往轻快些，眼睛里多了生动的气息。女孩们年轻的笑靥、娇好的身材、撑着遮阳伞一路走过，婀娜多姿，在心里泛起美好的意味。很有一阵没留意到身边这些好看的景象了。

周三大半天改材料，从中午忙活到晚上，虽然进展不很顺利，但能感觉谋篇布局、遣词造句的状态较之前有了不同，脑袋中黏黏糊糊的东西在慢慢融化。特别出乎意料的是，对这枯燥的文字工作我竟然有久违的兴奋，当天睡前想到有几个地方需要斟酌，第二天早上七点不到自然醒了，八点不到已经坐在办公室继续修改材料了，平常这个点我正准备起床。周四下午打球，尽管发挥不算多好，但身体令人惊喜地有了想要跃起来的冲动。昨天下午接待北京客人，交流中感觉脑袋活络了不少，捕捉问题的反应明显变快了。

百度词条说"更年期综合征"因人而异，出现有早有晚，程度或轻或重，持续时间从五年到十五年不等。若我得了"更年期综合征"，不会去得这么快。我多半只是遭遇了一次身体低潮期、思维低潮期、情绪低潮期的"三期叠加"。

像现在这样，脚步轻快的感觉真好，头脑明快的感觉真好，情绪欢快的感觉真好，身体里有鲜活清亮的东西在流淌的感觉真好！就连电脑视屏上的这些字似乎也变得有情有义了，如精灵般跃动起舞，像去年暑假我俩在敦煌看的飞天。这种状态让人自然而然想起故乡，想起童年，想起爸爸和妈妈，想起在桂林山水间的你。

♥ 2016年7月30日

扩充旅程图

丫头,你和老妈的旅程从阳朔到桂林,昨天从桂林到广州,你在电话上说,今天下午去沙面,晚上看教堂,广州的下一站是长沙,岳麓书院,橘子洲头,这是你们在途中临时动议的一个点,之后从长沙到上海。

这次旅行我本来计划全程参加,临行前因为新华文轩8月8号在上海证券交易所的上市仪式不便请假而作罢。我准备提前两三天过去,在上海与你们会合。

去年以前,我到过的省区市的数量和你大致相当,去年下半年到现在,我的旅程图上增加了陕西、安徽、浙江、江苏和上海几个点,你这次外出将新添广西、广东、湖南几个点,我们继续有得一比。

你电话上已经几次问起呜弟和包子两个小东西的近况。两个家伙都很好。罐头和补品按时发放,便盆收拾得干干净净,每次出门我都给它们说了"再见"。

♥ 2016年7月31日

身体好，才能有"生趣"

丫头，你和老妈在广州与台风"妮妲"不期而遇，因为动车停运延迟了到长沙的旅程。你们昨天到长沙，今天上午我在微信上看到了你在岳麓书院门口的留影。多年前我跟着领导去长沙，办完公事晚上专门打车去岳麓书院，不曾进得院内，只在门口站了几分钟，现在看你的照片，才清楚地看到那耳熟能详的"惟楚有材，于斯为盛"八个字。在湖南文化中，一种阔大的胸襟和豪迈的自信由来已久，这可能是湖南人作为一个群体在近代中国历史中扮演重要角色的渊源和底气。你看起来瘦了些，人显得清爽精神。

随着身体状态回升，我又在忙碌中找到了愉快。对于我这种习惯于依赖思考和感悟找存在意义的人，重新找到思考问题的方向感和处理问题的分寸感，重新找回组织语言的严密度和表达看法的准确度，重新感受到大脑在正常工作，高速运转，不啻于重拾生趣。

昨天下午去楼下红旗超市买巧克力和酸奶，两个售货员大姐问："怎么好久没看到你们家小朋友啦？"我说我们家丫头出门旅行了，去了南方，在广州遇到了台风，别人夏天都往凉快的地方走，她专拣热的地方去。又说到假期补课，我说我们家丫头从不补课，她们说学习好当然可以不补，我说成绩中平但我们觉得已经非常不错了。几分钟时间我竟然八卦了这么多，看来心境着实换过来了。

我们这个周六在上海见。

2016年8月4日

二十一年弹指一挥间

丫头，明天9月1号，新学年开始了，你进入初中二年级了。上个周五和周六上午，你们几个同学提前到校做了班级板报，周日下午已经正式报到。虽然你在感叹假期很快就过完了，但我们能感觉到你对学校生活的期待。

这学期你们的教室从一楼换到了三楼。这个周一我也坐进新办公室了，从十二楼到了十楼。之前办公室的窗户朝向仁和春天百货，现在差不多正对毛主席像和四川科技馆。

掐指算来，这是我参加工作以来坐过的第十个办公室。第一个在四川大学文科楼四楼，是当时历史文化学院的中国现代史教研室，1995年我毕业留校工作成为这个教研室的一员。说是办公室，其实主要是教研室开会的地方，我没有固定的办公桌，也不曾在那里看书写字。

第二个在羊市街原来市委大院里的组织部办公楼三楼，一栋三层的木结构老式建筑。组织部办公楼正前面是宣传部办公楼，左边是办公厅和纪委办公楼，左前方是研究室办公楼，右前方是商贸委、政法委、机关工委等合用的办公楼，老妈曾经在那栋楼里面工作了两年左右。办公室四个人，三男一女，清一色年轻人，夏天吹电风扇降温，冬天用烤火器取暖，整栋楼的公共卫生间在一楼。当时电脑刚刚被引入机关单位，我们办公室最初只有一台电脑，后来逐步变成人手一台，我在那里学会了面对电脑屏幕敲击键盘，在启动起来就卡卡直响的针式打印机上打印文件。那间办公室我待了六年多，从1997年3月底到你出生之后到2003年4月底。曾经的市委大院现在成了三医院的一部分，当时各单位的办公楼渐渐被改为医院各科室的工作用房。

第三个在商业街省委大院主楼十楼，2003年五一节后我借调到省委宣传部，分配在研究室工作，坐在靠商业后街那边的一间办公室。从这以后，我坐过的办公室都有空调了。当年10月正式调入省委宣传部后，分配在办公室工作，从研究室所在的十楼搬到八楼靠商业街这边的一间办公室，这是我的第四个办公室。在这两间办公室里，我艰难地写出了博士论文。2005年我从办公室调回研究室工作，又从八楼搬到十楼，坐进靠商业街这边紧邻卫生间的一间办公室，这是我的第五个办公室。从这以后，我一个人一间办公室了。在这间办公室里，我每天面对电脑，从早到晚起草各种文稿，几乎没有周末，一周通常有四五天要加班到晚上十一二点。

2005年11月我轮岗到宣传部干部处工作，从研究室所在的十楼搬到干部处所在的九楼，坐进靠商业后街一边的一间办公室，这是我的第六个办公室。在此之前我都是开门办公，从这个时候到现在就都关门办公了。不久省委主楼装修，宣传部搬到实业街实业宾馆临时办公，我的第七个办公室在实业宾馆二楼靠西面的一个房间，2008年汶川地震发生时，我就从那个房间往院子里边跑。省委主楼装修完成后，宣传部搬回商业街省委大院，我的第八个办公室是靠商业后街一边的1008号。这是我在省委宣传部坐过的最后一个办公室。在省委宣传部十年，从三十三岁到四十三岁，先后有过六个办公室，度过了迄今为止工作最紧张、最忙碌、最辛苦的一个阶段。

我2013年年底工作关系调出省委宣传部，2014年3月底正式到现在单位上班，坐进你来过多次的城市之心十二楼那间办公室，那是我的第九个办公室。

十个办公室，见证了我的职业生涯。从川大文科楼四楼的中国现代史教研室，到现在城市之心1017号，二十一年弹指一挥间！

♡ 2016年8月31日

消遣时光、放松心情的方式

我多数时候睡得晚，时间多半花在看电视上，主要是看电视连续剧，也包括老电影。我喜欢在你们都睡了以后，夜深人静时，一个人半坐半躺在沙发上，独自面对电视机，任由那些人物、情节、画面把思绪带远。这是我消遣时光、放松心情的方式，可能也是补充精神养分、汲取情感滋养的方法。我知道这方面自己品位不高。

最近我看增添了新的电视节目，经常在看完连续剧和电影以后把频道切换到央视十五套，在睡前听几首老歌。

我的成长中缺失音乐。我从小唱不好歌，怕开口唱歌，担心别人笑我。大学以前，会唱的歌没几首，说会唱其实也只是能哼上一两句，至多一两段。大学以后，因音乐频道的普及特别是岷江音乐台的开设，听了张学友、刘德华、邓丽君、罗大佑、李宗盛、王杰以及其他人的歌。仗着青春正茂，偶尔也到卡拉OK厅，对着字幕胡唱一通。当时的卡拉OK厅不是现在KTV这个样子，在或大或小的一个厅里，几桌人轮流唱，常常一桌唱两首轮到下一桌，一首歌两块钱。也没有点歌设备，想唱什么歌就把歌名写在纸条上交给老板播放。现在稍微熟悉的老歌，基本由这个阶段听过唱而来。

自从学会在电视机上操作"回看"，我有时把央视十五套播过的《精彩音乐会》翻出来重看重听。这段时间，听得最多的是筷子兄弟的《父亲》，降央卓玛的《西海情歌》《父亲的草原母亲的河》。我不明就里地被这些歌吸引。音乐博大而深沉，与我们的心灵有着神秘的交会，我所能感知的极其肤浅，希望你能够从中汲取更多。

♥ 2015年9月1日

上学的辛苦

9月1号开始，凡是有孩子在上学的家庭，无论孩子上小学、中学或者大学，生活从休假模式校正为日常模式，回归运转状态。围着孩子打转是中国大多数家庭的常态。孩子的假期通常也是家长的休假时间，孩子们开学了，家长们也该收心上班了。

你又开启了早出晚归的学习状态。早上第一个出门，从开学到现在，我没有一天能赶在你出门前起床。下午最后一个回家，通常六点半以后甚至更晚，多数时候比我和老妈都晚。回家之后晚饭之前，必做的一个事是用简短的话点评当天组里同学的表现，发到班级群里。这是小组长的职责，你把这叫"打小报告"，说是个辛苦的差事。饭后到晚上十一点左右是作业时间，通常十一半到十二点之间上床睡觉。

老妈最近参加了市级机关组织的声乐和摄影兴趣培训班，家里为此新添了照相机。她总是能不断找到有意思的事来做，乐在其中，不求有为但求有趣。我一直很佩服她的这种生活态度和能力。

成都军区改为西部战区后，俱乐部在重作修缮，我们打球从俱乐部改到体育馆。这阵现役的球友们很忙，运动时间从以前相对固定的每周二四六下午，变成大家有空的不定期的晚上。

单位出了"新政"，要求从上个周四开始每天上班着正装。"新政"第一天，我上身着衬衣和休闲西服，下面是牛仔裤，到单位一看其他人都是正装，连驾驶员也西装革履，连保洁员邹姐都换上了白衬衣，听说好些男生头天晚上专门去买了衬衣和领带。周五以后我上班就都穿西裤和衬衣了，但至今还没有打领带，我侥幸地希望能这么将就下去，实在不能蒙混过关也没关系，我已经放了两套西服在单位，并新买了两条拉链式领带。上班也不容易啊！

♥ 2016年9月9日

感念学校对个人成长的助力

  四川大学这个月迎来一百二十周年校庆。同学间纷纷在朋友圈邀约届时一起回去。庆祝活动我肯定不去了。仪式类的活动，我历来能不参加都不参加，个人性格使然。庆祝活动不去了，但我可以选个云淡风轻的下午或者月明星稀的夜晚，回到九月的校园。即便人不曾回去，也不敢忘了学子的身份和母校的恩泽。

  想望校园总不免忆及青春。青春令人怀想，无论多么困苦潦倒的青春，都将随时光流逝永不复回，就连当初迫不得已上山下乡的老三届中不少人后来也对知青岁月起了怀念的情愫，何况茂林修竹锦水弦歌正当年的日子！怀旧固然是人之常情，但若是追忆青春的情思多了，说不准会偏离诞辰的主题，遮蔽了母校的功德。在这样的日子里面追忆青春，更该以感恩之心，回想学校对个人成长所施予的助力。

我在川大念本科四年、研究生三年，留校任教两年，工作调动后寄住三年，在职读博八年。学习工作生活的方方面面，所思所想所作所为，无不烙有川大印记，而最深的影响在以下三个方面。

首先，四川大学的名望声誉给予了我自信。在我之前很多年，我们那个县只有一个名叫周志华的人考取了川大数学系。来自小地方的人容易自卑，我当时自卑还很重，能够进入川大对我克服自卑树立自信有不小作用。这是生活在都市之中、家门口就有知名学府的城市同学难以体会的。学校的名望声誉经由很多代人筚路蓝缕辛苦耕耘而来，我分享了无数前辈先贤的奋斗成果，分享了母校的荣光。

其次，川大历史系当时浓厚的学术氛围让我得到了初步的学术训练，深刻影响了我的思想和性情。通过研究历史重建真相的追求和但凭证据杜绝空言的学术规范，帮助我克服夸夸其谈，培养务实的作风。从前后左右上下内外观察问题的方式，帮助我拓宽视野，培养远大的目光。而身在其中惯看了治乱兴衰人生百态，对养成平和性情不无裨益，逐渐领会世间一切皆有缘起，凡事必有因果，无法强求，慢慢养成了豁达心胸。我从小反应敏捷而耽于取巧，感情丰富而情绪偏激，心思细腻而敏感脆弱，不经过一番修养匡正，很容易误入歧途。我有幸学习历史，使性格中的缺失有所补足，心性得以导入正途。这是川大历史系的教育对我的再造。

最后，川大给了我庇护。1994年我和老妈结婚，当时我还在念研究生，经由导师王爷爷托人，我们租住在川大干训楼的宿舍中，安下了最早的家。1995 年研究生毕业后,我第一份工作是在川大留校任教。

我高考的第一志愿并非川大,但最终川大接纳收留了我。我相信冥冥中自有天意。现在回头看,这对我是最好的安排!

每到毕业季,"今天我以学校为荣,明天学校以我为荣"的话满天飞。话本不错,但说得多了就成说与不说皆可的套话了。其实,既然因缘已定情分已成,母校之于学子,就该是"儿不嫌母丑,子不以家贫",而学子之于母校,自然就是"母不嫌儿丑,家不以子贫"。这反倒是朴实得多的情感。

人必有师,老师是学校的灵魂。感念学校对个人成长的助力,归根结底是感念师恩。"云山苍苍,江水泱泱,先生之风,山高水长。"值此母校华诞,我诚挚向我的老师们鞠躬致谢!

❤ 2016 年 9 月 11 日

世上人情千万种,
能想起能记住是最好的告慰

丫头,9 月 25 日是幺爹的生日,他小我三岁,今年四十三。以前记不得幺爹的生日,能记住幺爹的生日是最近五六年的事,记住以后就再没忘过了。随年龄增长，越来越明了想要什么样的生活，也越来越明了在纷纷扰扰、熙熙攘攘下真正在意的人和事。

从记得么爹生日开始，每年生日我给他发个红包，在日常给他的零花钱外多给点钱。记得么爹生日以前，每次见面我总是责骂他多，记得么爹生日以后，每次见面总是宽慰他多。今年除了红包外，另给他备了两条烟两盒茶，都是他喜欢的东西。24号也就是上周六中午给他送过去那天，他少有地站在那里看着我开车离开。

记得么爹生日的人不多。他生病后，原来的朋友都疏远了，在家休养后和单位的同事也疏远了。除了爷爷奶奶，能记得他生日的人，应该只有我了。

如果么爹不害那场病，完全不需要我记住他的生日，自然有人在乎那个日子，就像老妈记得我的生日，就像以后还有你记得我的生日。但他偏偏生了那场病。我告诫自己，在有生之年，在患上老年痴呆之前，一定不要忘了这个日子。在读过这篇文字以后，希望你也记住这个日子。如果在近旁，给他买些烟和茶，约上哥哥一起给他送个大大的红包，即便在千里之外，也一定要给他打个电话致以问候。

想到么爹就会想到很久以前，我和他一前一后或者一左一右在奶奶身旁，走在从良姜到县城路上的情景，那时奶奶在良姜小学教书，爷爷在县城中学教书，每个周末我们从良姜到县城，第二天从县城回到良姜。世间上人情千万种，在岁月中沉淀既久以后，能够想起能够记住，即是最好的告慰。

这几天工作多，很难抽时间和你说话。昨天忙了一整天，今天马上又开会。为了给你写上面这段话，我没去吃午饭。我如此刻意为之，希望你有所体会。拜托了！

♥ 2016 年 9 月 27 日

偶然的际遇会让人对那些
因熟悉而厌弃的东西生出眷恋

丫头，这个夏天我开始穿布鞋了。

7月有个周末，我去过街楼街亚非牙科看医生，人多挂不上号，回家路上转悠进东城根街红墙巷旁一家老北京布鞋店，心血来潮花一百二十元买了双布鞋。鞋子穿起来合脚，白色的底边衬上黑色的帮面，其素雅与牛仔裤正搭。

因为感觉不错，几天后我又在东城根街上我们住家楼下一家老北京布鞋店买了双布鞋，质地与第一双差不多，但便宜了四十元。我把一双布鞋放家里，周末穿，平时回家也穿，一双布鞋带到单位，到办公室就换上。这个夏天大部分时间我都穿布鞋，8月上旬到上海出差带了布鞋，中秋回老家带了布鞋，国庆大假陪外公外婆去崇州白头镇五星村也没忘带上布鞋。

　　这不是我生平第一次穿布鞋。我穿过布鞋，在比现在的你还小的年龄，我的妈妈给我做过很多布鞋。记得做布鞋先要用糨糊把多层碎布粘成厚厚的一块，晒干后依脚板的大小剪出鞋底，在上面穿针引线，俗称之为"纳"——通过针线的作用让多层碎布结实地粘合在一起。这是个辛苦活，为了让针更有力地穿过鞋底，要用上叫"顶针"的工具，一种套在手指上的铁环。与此同时，用糨糊把两层布粘成薄薄的一片，通常上面一层是黑色或蓝色或其他深色，下面一层用白色，晒干后依脚背的模样剪成鞋帮，上面深色的那层是鞋面，最后用针线把鞋底和鞋帮紧密地缝合在一起。冬天的布鞋不仅鞋底做得更厚实，而且在鞋帮那两层布之间还会加上棉花，那种布鞋我们叫作"鸡婆鞋"。我上小学以前，除了夏天穿凉鞋，其他季节都穿布鞋。我和你大伯、幺爹的所有布鞋，都是奶奶自己做的。

　　那时皮鞋不多见，能见到的皮鞋多数是"翻毛皮鞋"那种，淡黄色的皮，做工粗糙而笨拙，没法与今天的工艺相提并论。我不了解那种皮鞋的售价，但当时要买双皮鞋，无论如何是件需要称量的事。胶鞋要多见些，除了解放牌的军绿色胶鞋，还有蓝色的胶鞋，也有了白色的胶鞋。胶鞋只能在百货公司或供销社里买到，而布鞋几乎是自家人的手工活，相比之前，胶鞋代表新潮时尚，布鞋代表老旧土气。有那么一段时间，我经常埋怨布鞋的底子太硬太不软和，很向往能够有双胶鞋，而且觉得白色那种最好。记不清这个愿望是好久实现的，但我肯定上初一时我已经每天穿着胶鞋跑早操了。初高中六年我几乎都穿胶鞋，进大学后开始学穿皮鞋——已经不是"翻毛"那种了，工作后多数时间穿皮鞋，节假日渐或换成旅游鞋。除几年前短暂性地穿过朋友送的一双尖口布鞋外，从中学到这个夏天前我没有穿过布鞋。

把这些生活琐事放到时代的画卷下，或者可以视作从农业文明走向工业文明、从传统社会步入现代社会的一个缩影。时代的潮流把我们带到很远很远的地方，偶然的际遇让人重新对那些因熟悉而厌弃的东西起了眷恋。走过生命中漫长的岁月，从少年到中年，在重新穿上布鞋时感受到妈妈一针一线织就的呵护。

♡ 2016 年 10 月 14 日

非常庆幸在人生有所体会后
再来陪伴你成长

国庆大假后一直在忙，忙到我几乎挤不出时间运动和休闲。每当我开始埋怨，老妈总安慰说，你要感谢能够有机会做点有意义的事情。工作有无意义，我现在不怎么在乎了，很多东西有无意义原本不能深究，在一切问题上刻意地追问生命存在的意义，常常把人逼入生活的死角，我过了那个年龄，已经习惯于在其位谋其事。再说，我也不属于那种只有在工作中才能找到存在感的人。

上礼拜去了泸州。周四下午到，周五中午回，都在宾馆说事，没来得及感受城市的风土人情。一去一回，印象深的是高速公路旁迎风摇曳的芦苇，勾勒成质朴无华的图画。与我们有一年在沙湖看到的粗壮硬朗的芦苇相比，南方的芦苇明显要纤细柔媚一些。也许你还不知道，芦苇就是"蒹葭苍苍，白露为霜"所吟唱的"蒹葭"。我对芦苇有莫名的偏爱，或者它正好隐喻着我充满野趣的童年。

这是我第一次到泸州，到过泸州之后，四川二十一个市州，只剩下巴中还没有去过了。

你一如既往地早出晚归，回家后做作业的时间更长了。下午"小京京"把你们留在学校久了，布置的作业多了，你免不了嘟嘟哝哝地发牢骚，但是发牢骚也不妨碍你该做啥做啥，睡得再晚第二天照常按时起床，兴冲冲去到学校。我问你能不能偷懒少做点作业，你说不能。你随时在计算还有多久才放寒假，这几天正热切地盼望着下个月初西博会召开学校会放两个半天假。

在三十多岁的年龄，面对你的牢骚话和玩耍心，我也许会数落你学习不认真不用心。但今天的我已经完全理解那才是人应有的真实的积极状态。非常庆幸在这个年龄，在对人生有了更加深切的领会之后，再来陪伴你成长。

顺带记几个事。这个月我改抽细支烟了。据说两根细支的焦油含量相当于一根粗支。也就是说，现在抽一包相当于原来抽半包。我希望慢慢把烟量减些下去。影影姐姐升职为大堂副理了，辛辛苦苦站了三个月酒店前台后，可以不上夜班了。她三个多月的收获，我相信比绝大多数坐在办公室的同龄人多。读个大学有什么了不得，重要的是脚踏实地做人做事——在这点上姐姐给你留了个榜样。根据老妈的记忆，呜弟前几天过了生日，它和包子心满意足地吃了罐头，几个姐姐发了微信红包，外婆也发了红包，说不论人猫狗，凡家庭成员过生日都发红包。今天我翻看了 2012 年 2 月 17 日给你写的话，呜弟的生日是 10 月 29 日。老妈把日子记错了。

2016 年 10 月 26 日

不太把自己当回事
就能克服面对人的胆怯和拘谨

丫头，今年单位新成立国际合作部并确定由我分管后，我免不了经常面对来自境外和国外的客人。上周二到周四接待了美国公司客人，周五接待了新加坡客人。

工作中我更明显地感觉到，我逐渐克服了从小以来面对生人的胆怯和拘谨，与人交流沟通慢慢变得自如起来。这种面对海外客人的自如，固然离不开社会发展和国家崛起提供的心理支撑，离不开对外开放交流频繁带来的眼光拓展，同时也离不开长期的自我修养。我想跟你说的是最后这点。

生活中除少数"自来熟"的人在任何场合都能如鱼得水外，多数人面对陌生人都会有不适。"自来熟"源自天性无法模仿。努力克服面对陌生人的不适，是多数人在成长中无法回避的问题。这是我一个老大难问题，三十多岁的时候，我还因此而困扰。

很多人把问题归因为性格不够开朗，这不无道理，但我以为问题更在于太在乎别人的观感。我的感受是，与陌生人相处感觉不适，很多情况下与我们在多大程度上在乎别人对自己的观感密切相关。一般来说，你越是在乎别人的观感，越是想要表现好自己，越是会胆怯拘谨，越是做不好自己。

太在乎别人的观感，想更好地表现自己的愿望本不错，但至少有这么几个事情没有想得很明白。第一，多数人很难伪装自己，是什么样子就是什么样子，所有刻意的表现都不过是"皇帝的新装"。尤其在拥有丰富阅历的人那里，你的长短优劣人家尽收眼底一目了然，心里明镜似的。明白了这点，不妨大大方方走到人前。第二，凡人都有不足，身体的瑕疵，性格的缺陷，能力的欠缺，有缺点有不足才是真实的人，承认自己有不足甚至能拿自己的毛病开涮的人，在别人眼里不仅诚恳而且可爱。大多数人都乐意与这样的人打交道，并接受这样的人做朋友。敢于承认和暴露自己的不足不仅不会被人看轻，反而更能赢得人的尊重。明白了这点，不妨自自然然地待人接物。第三，不管你怎么做，都会有褒有贬，有人欣赏有人不待见，世界上没有人能够讨所有人的喜欢。明白了这点，不妨实实在在地做自己。

想清楚这三个事情,加上始终做到内在的谦卑和外在的礼貌,随时随地大可以真面目示人。丫头,希望你从中得到启发,在与人相处方面做得比我好。

这些道理还可以往深处追究。人们常说做人要自尊、自重、自爱。这话用在珍爱生命、严于自律、做好自己方面没有问题,但若是太把自己当回事则大错特错。太把自己当回事了,就很容易不把别人当回事,认识上自以为是固执己见,态度高高在上妄自尊大,不懂得妥协和合作,落得个讨人嫌。同时,太把自己当回事了,就难以接受自己有问题有不足,不可能从善如流、择善而从,堵住了自我改变、自我完善的路。我的经验,自尊心过强的人,很多属假大空一类。我终于能克服面对生人的胆怯和拘谨,根本的原因是不再把自己当回事。丫头你要记住,过度的自尊乃是自卑,它使人无法赢得朋友,无论做人做事都要努力克服过度的自尊,不把自己当回事。

♡ 2016 年 10 月 31 日

没有哪种考试和升学足以定人终身

国庆大假以来,我接二连三看了一大堆电影电视剧。电影去新城市影城看,新上的影片几乎都看了,看过的电视剧有《中国式关系》

《麻雀》《胭脂》等。老妈说我对影视的口味不一而足，任何片子只要看上五分钟，就追得不亦乐乎。季节温和宜人，舒舒服服坐下来看看电影电视剧是不错的消遣。再过些日子，到天寒地冻了，回到家打开电视烤着暖气，更是一种享受。

前天晚上做了个梦，醒来模模糊糊记得残缺不全的梦境：在抗日战争中，我收到了一份合同还有两万大洋订金，我走到窗边，看到外面天空中飘浮着外星人飞船。不知道怎么会有这样乱七八糟的组合！但想想也不无道理：《麻雀》《胭脂》一类抗战剧看多了，在梦里把自己带回到那个时间段；合同和订金可能与工作有关，我分管投资部和资产部，隔三差五签合同签协议，自然钱不离口；这阵科幻电影看得也不少，很多片子都涉及外星人和飞船。日有所思，夜有所梦。电影电视看多了，我在自己的梦里当了一回主角。昨天告诉你我做梦的事情，你笑得不行，说我走火入魔了。

这阵，《大宅门》第二部临近尾声的情景在头脑中挥之不去：英雄迟暮的七老爷白景琦握着即将撒手人寰的妹妹白玉婷的手说："人都得走。人活七十古来稀，八十岁，值了。人生一世昙花现，尽在虚无缥缈中。你呀，虚中有实，实中有虚，你活的呀比谁都实在。"白七爷的话，比常说的"人生一世草木一秋"意味更悠长。多数人年轻的时候，容易把人生看得过于金贵，因为金贵而少了超脱；到年老的时候，又容易把生命看得过于虚幻，因为虚幻而滋生轻贱。而生命只是个过程，年轻和年老无所谓好坏，人和地球上的其他生物也无所谓高低。或者我们可以试着调整下心态，在年轻时适当节制对生命的热望，在年老时努力保持对生命的热度。

白七爷一番话让我想到昙花。小时候些写作文常用"昙花一现"这个词,其实并未理解它刹那间的美丽、一瞬间的永恒。近距离接触昙花只有一次:上小学时,住家在绥江一中宿舍,有位老师家的昙花将要开放,晚饭后大人小孩聚坐在那盆花周围,从夜幕降临到深夜,最终没守望到昙花开放。很久以后我才了解,昙花通常在朝露初凝的黎明时分绽放,难怪我们等不到它绽放。最近在朋友圈看了昙花绽放的照片,感谢那些守望到花开时分的爱家朋友留下照片让我终得一睹芳容。

你昨天和今天上午中考。每逢考试作业就少些,"大考大好耍,小考小好耍"现在是你的口头禅。天高地阔,水远山长,人生浩荡,几次考试无关痛痒,也没有哪种考试和升学足以定人终身。很高兴你有这样的态度。

♡ 2016年11月2日

坦白讲出看法,
让人接受自己的诚意

丫头,一个多月不在这里说话,一晃又到年末了。除了永远开不完的会,各种商务洽谈以及随之而来的迎来送往也占去我很多时间。

11月出了三次差，上旬去北京和月底到广安都是头天去次日回，走得长些的是中旬，前后三天，第一天从成都飞无锡，第二天从无锡坐动车到天津，第三天从天津返程。回来看资料才知道，我们柯姓滥觞于无锡，始于吴国第十代君主"柯卢"，无锡之行对我或者也算寻根之旅。

开始写各种报告。这些东西每年这个时候都要写，有大致固定的格式，虽然找个下属帮忙弄份初稿自己稍加修改也可以交差，但我一直习惯自己动手。总觉得别人写自己终隔了一层，更重要的还是希望在亲自动手的过程中真正有所总结和反思，尽管所思所想不一定非得一字不差地落到纸面上。这也耗费了我不少时间。

我来集团三年了，对工作慢慢有了些自己的认识和判断。这是个好事情，但也带来困扰。没有独立看法的时候，我可以如实地说"我没有意见"，也可以跟着附和多数人的意见。而当你有看法并把这些看法表达出来的时候，不管意见正确与否，都很可能把自己置于与别人意见相左的状态。如果各持己见，更会面临相持不下的僵局。虽说真理越辨越明，实则不少情况下，看法相左很容易造成人际相处中的尴尬。不是每个人都胸襟宽阔，这方面我也未见得做得比别人更好。

为了尽量避免意见相左的情况发生，我有时也自我安慰说工作无非为了谋生，没必要入戏太深。但不幸我不是善于隐瞒自己观点的那种人。这常常让我不胜其烦。接下来我要努力做到的是，坦白讲出自己看法的同时，更让人懂得和接受自己说话的诚意。我想，只要有足够的时间,当多数人了解你的为人,理解你的看法都是就事论事,不掺杂个人私利,大约就不会在人际关系上留下芥蒂了吧?这当然是我的一厢情愿。如果尴尬无论如何都无法避免,那该怎么着就怎么着吧。

最近我忙着追古装剧《锦绣未央》,上周终于大结局了。冬天人饿得快,看电视时总忍不住想吃东西,一开吃就停不下来。有天晚上我竟然吃了这么多:一根腊肠、一袋瓜子、一盒花生、一个苹果、一杯咖啡、几块巧克力、风干牦牛肉若干外加一块黄油。

♡ 2016年12月12日

孩子的成长常常促成父母的进步

现在来说说这段时间的你。你继续保持自己所说的"自制力",晚饭后到睡觉前决不吃零食不加餐。每周有四天晚上,完成作业后转半个小时呼啦圈。节制饮食和加强锻炼行之有效,人似乎瘦下去一圈。洗澡洗头勤了,每次洗澡后都自己拖地。接受生病要吃药了,鼻子不通时,自己主动提出喝板蓝根冲剂。学语文和英语能够朗读了,尽管声音细小,却是那么悦耳。

你最近周末在忙着排练舞蹈,通常在石笋街,班上九个女生在这个月 16 号有场四分多钟的表演。为了排练舞蹈，连续牺牲了几次周六下午的绘画课。你学习绘画将近十年了，还像最初一样喜欢画各种动漫人物。我对此总不免猜测，在你的坚持和散发童心的图画中，潜藏着某种未曾爆发的个性。

从小到大，你一直坚决抵制正面批评，稍微说你什么地方做得不好，必定怒不可遏。这很像我小时候，永远不在口头上认错，即便心里知道自己不对，嘴上也绝不服软。经过多年的尝试和磨合，我们摸索出一种带有玩笑味道的批评方式，在相互取笑的欢乐气氛中把批评意见点到为止地提出来，你逐渐接受了这种方式。这让我们之间的交流障碍越来越少。

你跟老妈说，以初一以来的成绩，达不到保送资格，只能自己考，考九中本部很难，多半只能考九中光华，九中光华要住校，虽然自己不想住校，但考上了就只能去住校。这说明你不仅一向心思明白而且不乏自知之明。不高估自己，不抱不切实际的目标，不做好高骛远的追求，任何时候都是值得称道的品格。养成此种品格的人，多半也是性情平和、心态大度的人。这种人不容易和环境格格不入，不容易钻牛角尖，从而避免在各种刻意各种较劲中伤及他人、戕害自己，一生的平安幸福可期。

在见证你养成坚定的是非观念、良好的行为习惯之后，现在更看到你慢慢有了平和性情和大度心态，一步步打好人生在世的基本功，我倍感欣慰。我从小不是是非清晰的人，思想中夹杂有江湖气；也不是性情平和的人，性格充满尖锐和狠劲；也不是心态大度的人，曾经活在灰暗的心理中。靠着冥冥中自有的牵引，靠着很多人言传身教，靠着以向善之心勤加感悟，经过很多年努力，终于点点滴滴逐渐匡正补足自身观念、性情、心态上的偏颇缺失。这个过程辛苦备至。因为自己的经历，我深知这些品格殊为难得。

每种品格各有优劣。当我还是老家小县城中的青涩少年时，尖锐和狠劲让我充满血性，支撑我以不退缩不妥协的姿态一路向前。各种品格常常难以兼得。为一生幸福计，我宁愿你从始至终做个性情平和的人。但我也希望你知道，尖锐和狠劲也并非一无是处，尤其在年轻的时候，有些尖锐和狠劲也许利大于弊。

人生是一场漫长的修行。上次和你干爹在宽巷子见山书局院子喝茶，他说自己四十岁左右才悟出很多道理。我深有同感。当同龄人渐次落入一成不变的窠臼，继续保有自我更新的能力堪称幸运。而我能够有所进步，不少时候得益于怎么样为你当好表率、给你什么样的教育引导、如何帮助你更好地成长这类问题引发的观察和思考。"学然后知不足，教然后知困。知不足然后能自反也，知困然后能自强也。"孩子的成长常常促成父母的进步，我过去十年的进步，离不开你的帮助。

♡ 2016 年 12 月 13 日

豁然顿悟往往基于牢牢地记住

最近我破天荒地开始帮助你背诵课本和试卷。具体的形式，是你把课本或试卷给我，然后你在一旁背，我对照课本或试卷看你有没有记对，提醒你哪些地方记错了。涉及三门学科，语文、地理和生物。语文和地理我大致能理解，生物则全不知所云，只能看你有没有把字念对。

生物需要背诵的东西包括青春期发育特征以及"月经""遗精"之类。有天你背到这些内容时，我突然有点不知所措，随即又提醒自己这些知识应该对小朋友普及，没必要难为情，看你倒是一副若无其事的样子。让小朋友了解身体的相关知识，破除无知带来的羞耻感，正确坦然地面对两性问题，是我们教育的一个进步，身为父母，我们或者应该做得更多更好些。

家长帮助小朋友背诵是学校的要求。我好几次让你自己背，你无论如何都不同意。你是一个唯老师之命是从的乖学生，执行学校和老师的要求从不打折扣。

我其实很乐意来和你一起做这个事。这也是我少有的能在你面前有所显摆的机会。有天晚上，我把你刚背诵过的四首诗，陶渊明的《归园田居》、李白的《渡荆门送别》、王维的《使至塞上》、陈与义的《登岳阳楼》，一字不差地背诵出来，让你大为佩服。

要求你们背诵的那些东西，有些我以为完全没必要专门记住，有些所谓"知识"除应付考试之外毫无用处。但这并不意味着我一味地反对死记硬背。在对事物由点到面的认识过程中，一些重要点位的知识至关重要，没有点上的知识支撑，很难有面上的认识扩展。进入任何学科从事任何工作都是如此，认知层面和操作层面都是如此。所以能记住常常是能学好能做好的基本功。某一天的豁然开朗很可能基于你之前牢牢记住了。记忆力可以通过锻炼得到提高，最简单有效的方法是重复练习。天才总是极少数，对多数普通人，任何才艺都来自恰当的方法和勤奋的态度。

我的朋友周叔叔近来常在微信朋友圈中转发文章，内容涵盖哲学、科学、历史学、政治学、经济学、美学等各个方面，多数文章不乏专业深度。前几天我跟他说，你每天看的东西这么广博这么艰深，过不了多久，恐怕很难找到人切磋交流了。他有点不好意思地告诉我，那些文章很多他自己其实不曾细读，之所以转发出来，是希望他女儿能够看到读到。他说：直接跟她说呢她理都不理，在朋友圈转发她多半会留意，很可能会读。如此委婉别致的方式，我真佩服他有心。

2016年12月23日

理性、纯净，
充满暖意与期待的人生

丫头，又到岁末了，一年所剩的天数不多了，照例做个小结。

回头打量今年的自己，很自然想到下面几个词。

理性。这是我思考较多的问题。这个词用法上常与蒙昧相对，而与科学相近。在我们老家，大人称赞孩子懂事说"这个娃娃讲理性"。很长时间内，我对这个词的理解也没有超过"明白事理、通情达理"的范畴，直到近年才有些新的体会。究竟何谓理性？说它与蒙昧相对大致不错，但没有捅破最后那道窗户纸。在更本质的层面上，理性针对的是本能。凡宇宙中一切存在都受种属的普遍天性和各自的个体天分支配，普遍天性和个体天分构成世间万物的本能，规定了它们的本质属性和生存状态。人的思想认识、行为取向无不受本能，即生而为人的普遍人性和因缘巧合的个体特性支配。本能包含人所有的秘密，每个生命的故事都可以在各自的本能中找到答案。没有人能够逃脱本能的支配，绝大多数人终其一生不知不觉走在它规定的轨道上，只有少数人从洞察本能的存在，进而尝试着认识本能、顺应本能、掌控本能。这种针对本能的意识和能力，我以为即是理性。在充分理解本能的基础上再来把握理性，不仅有益于深化对人和事本质属性的认识，而且有助于个人加强修养。这就是通过严格的、持续的自我反观和认知，不断加深对自身本能的认识理解，增强自我管理的意识和能力，学会掌控个人的欲望和情绪，以此实现自我的完善和提升。希望这些体会有天对你观察人、处理事有点启发。

纯净。这是我对自己的一种期许。我越来越强烈地有种意愿,那就是自己所想、所说、所做的一切,任何时候可以放在光天化日中、众目睽睽下,随便别人评头论足。目前我不能完全做到这点,但我愿意朝着这个方向去做。不仅如此,我越来越向往没有惭愧、心安理得地走过剩下的生命历程。中国文化和它所孕育的读书人群体历来有自己的主体价值观,有自己的体认和修养方式。那就是把这种追求贯彻渗透到每天的生活中,让它约束和引导自己对人对事的所作所为,随时随地提醒自己——你愿意以什么样的心境告别这个世界,你现在就怎么做。

暖意。这是我想要的生活色彩。即便智力平常者,只要不心胸狭隘和故步自封,或迟或早地总会在人生的某个阶段,或多或少地理解和接受生活对自己和他人作出的安排,由此各安其分。我意识到这是个问题,并不断想要唤起曾经的那种热情。但热情大多源于年轻的心。青春不再却要刻意保持热情,难免变得惺惺作态。现在,我不再奢求热情,只愿能有暖意。在守护亲情友情中汲取温暖,在善待认识不认识的人中传递温暖,用各种小小的爱好、乐趣、愿望激发生之乐趣,面对新的每一天感受活着的美好。有心跳就有体温,有温度自然有暖意。热情难期,暖意可求。

期待。这是我对今日之中国的态度。我学历史,习惯于从较长的时段来观察社会。文化思想史专业的训练加上实际工作生活经验的积累,更让我倾向于从思想文化和民族性的维度思考问题。今天的中国继续走在近代开启的变革之路上。这场变革因中西问题而起,由中西问题触发新旧问题,在中西之争中发端,在新旧之变中求解。从晚清以来,中国社会发生了激烈的、深刻的变化,但对于这些变化在多大程度上带动了民族性的改造，一段时间以来我持谨慎态度。或者说，我认为社会变革之下民族性的改良是有限的。但近来身边很多"新人新事"，让我的态度在谨慎中添了乐观。

比如，平均身高、人均寿命的增长，说明国人在身体方面发生了改良性变化。比如，竞相追逐奢侈品的潮流渐渐退去，说明社会富裕到一定程度，国人的生活方式发生了新的变化。比如，社会对官员离开体制越来越习以为常，越来越多的年轻人不再把进入体制作为就业首选等。所有这些汇聚起来，经过如梁启超所说"淬厉其所本有而新之""采补其所本无而新之"，或者可以进一步触动思想文化和民族性层面的改良，从根本上突破"法治"和"创新"两大瓶颈，深植法治精神，养成创造能力，则足以涵育社会新风，造成一代新人。这样一个社会、这样一个中国值得期待。

这就算对今年的我的一个交代吧。

❤ 2016年12月24—27日

2017 年

丫头,读书求知的最终目的,是养成正确的人生态度和健全的人格。我愿意你自始至终以普通人过日子的平和态度,把自己安顿在真实平凡的生活中,脚踏实地地做人做事。

对人不亏心，在己少违心

新年的第一天，与这个城市寻常的冬日并无二致，没有太阳，雾气深沉。但空气中多了欢愉的味道，看天府广场上过往的行人大多笑逐颜开便知。

这是文化传统在起着心理暗示的作用。从古以来，人们由观察日月星辰而有天文，由把握天象变动而有历法，由感受四季变化而有不同的情绪体验，各种体验经过积累、沉淀、记录、传承，成为文化传统，成为生活于此种文化中的人的精神养分。对于我们中国人而言，辞旧迎新，万物更始，带来希望和欢喜。心怀梦想者渴望借此成就梦想，心存烦忧者祈祷以此洗脱烦忧。

你和老妈去眉山看婼婼姐姐和她刚出生的小宝贝了。我上周患扁桃体炎，周三下午遵医嘱开始住院治疗。今天上午在三医院输液后，中午在西华门街淳香阁吃了素椒面和粉蒸牛肉，现在来办公室写几行字，希望借新年喜气，讨个好彩头。

满过四十岁就奔五。奔五头几年，常有说不清道不明的焦躁，很怕在人前说及年龄，不想承认突然变成中年人的事实，过了四十五岁终于重新安顿好自己,心结化开,纷扰不再,一切归于简单澄澈。现在数着吃四十七岁的饭,反而渐渐忘却了年龄。

我天性宽厚不足,从小自命不凡,喜欢争强好胜,又有些小聪明,崇尚以机巧取胜,四十岁以后才恍然领悟举凡机巧皆为权宜之计,做人的根本须在以赤子之心行光明正大之事。这几年更自信凡事只要发乎本心,对人不亏心,在己少违心,足矣!

很高兴今天的我,能揣着喜悦的心情跨入新年,和将要长大一岁的你一起面对、探讨更多的问题,共同完成生命的成长。

♥ 2017 年 1 月 1 日

人在学习中建立
对己对人对事的判断

今天出院,过节医保扎账,明后天再去结清手续。这是我生平第一次住院。经过这次住院,我对自己有了这么个判断,就是身体容易在冬季出状况。上一次冬季出状况是前年12月患筋膜炎。记得最清楚的一次冬季出状况,是2003年你出生前不久,我感冒发烧,老妈挺着大肚子陪我去三医院输液,那是我生平第一次输液。

这与衣服穿得太薄有关系。我十多年没穿过毛衣和秋裤了,过冬只穿单裤和薄棉服。这与在空调房子中待得久也有关系,进出房间冷热不均,稍不注意就感冒。这也许还与家族遗传有关联,我们家的人似乎呼吸道比较敏感,容易感冒咳嗽,爷爷奶奶都如此。而无论如何,我都应该接受随年龄增长,身体机能消退抵抗力下降的事实,更懂得顺应四时节令的变化。看来我得重新添置些毛衣秋裤了。

说这些是想告诉你,人在学习中成长,学习包括从书本中学习和从经验中学习,你现在以从书本中学习为主,以后将越来越多地从经验中学习——透过在自己和他人身上重复发生的现象,找出共同性和相通性,建立对己对人对事的判断。具体点说,如果身边有人不止一次出现同类状况,基本上可以肯定这个人是不会轻易改变的一个人。如果某一类状况不止一次在自己身上发生,身体上的也好,认识上的也好,行为上的也好,你一定要十分留意了,尤其要警惕不好的状况重复发生。

在自然科学范畴内，经验即公认的原理具有确定性，能够通过重复实验得以证明，相对比较容易被后人吸收。在人文艺术学科范畴内，经验往往以非常个性化的方式获得并呈现出来，不仅每个人的经验各有不同，而且这些体验难以通过试验加以证明，这使得如何汲取前人的经验变得困难。经验可以被记载，但那是别人的经验，不经过自己的亲身体验，无法被传承吸收。由此凸显了从个人经验中学习的重要性，而人生经验尤其如此。

❤ 2017年1月2日

当众说话也需要学习

去年年底至今年年初，因为工作需要，我几次在不小的场合说话。去年11月，代表集团在第三届音乐产业高端论坛致辞，那次我中规中矩地读了七八分钟的稿子；然后12月，在中国音乐产业发展成都峰会上介绍有关情况，那次我脱稿说了七八分钟；今年1月，在一个签约仪式上接受媒体采访，这次完全是临场发挥。

这都是我之前没有过的经历。最大的不同是有无媒体在场。以前也在不小的场合讲话，但面对的是领导、同事或者同行。现在直接面对媒体，说话对象扩大到社会公众，这带来很大的心理压力，内心的紧张让说话的语调、语速和节奏都变形走样。经过那种场景之后，才真正理解为什么与媒体打交道需要专门学习。再有，以前大都坐着说话，最近几次必须站着说话，这也带来了新的问题，比如怎么上下主席台、在发言席前采取何种站姿、两只手如何摆放，又比如面对镜头脸该朝向哪个方向、头该抬到哪个位置、眼睛该往哪里看等。

在中国音乐产业发展成都峰会上说话那次，台下灯光柔和，台上灯光炽烈，走上主席台站到演讲席前，一瞬间被强烈的明亮笼罩，眼前一片模糊，脑袋随之发蒙，发声说话有若梦呓，说上好几句话才稍微定下神来。会后跟小明哥说及当时"完全看不清台下"的状况，他说，在那种场和说话就是要"目中无人"。这话很有道理。或者必须得"目中无人"，才能做回真实的自己，呈现自然的状态。

我不是个拙于言辞的人，小范围内无论严肃还是随意的谈话，对我而言都不是问题。但害怕在正式场合当着很多人说话，在很长时期中这是我一个软肋。在机关工作走到一定岗位后，被逼迫着学习在正式场合当着很多人说话。开始都事先准备妥当发言稿，现场埋头照着念；后来能够做到偶尔停顿下来、抬起头来、朝向听众，脱开稿子即兴说话；再后来多数场合只事先准备个简单的发言要点，现场按照要点的提示自己讲；再以后不是特别重要的场合，说话也不用事先准备发言要点了。

现在如何面对媒体说话、如何站着说话，成了我需要从头学习的一件事情。我想，再多几次赶鸭子上架的经历，或者能够慢慢提高这方面能力吧。

♡ 2017年1月10日

人的积累和思虑都有限度

丫头,今年国庆节后降温比往年早,秋意渐浓,催动了想跟你说话的愿望。

今年春节前,发现自己在电脑屏幕上敲出的文字,不经意地出现与之前重复的情况,不只是内容,有时整个句子都在重复。这提醒我,人的积累和思虑都有限度,想要跟你说的话,暂时说得差不多了。我于是暂停了码字,在春节后的一个多月,对截至你进入中学前的文字作了简单的整理,存放在电脑中。之后因为机缘巧合,天地出版社的张万文叔叔读了这个稿子,建议这些文字配上你的涂鸦,以《亲爱的丫头》为书名正式出版。我接受建议,把稿子交给了他。这个时候,我们合作完成的这本小书,正在编辑之中即将付印了。

前不久出版社叮嘱我补写个后记,并说:"本书起笔于 2010 年年末,收笔于 2015 年 8 月 28 日,刚好是两年前的今天。隔着两年的时光,身为父亲的作者再回视自己当时的文字心境,又有怎样的体悟?这是令人好奇的所在。"

我在那册书的后记中对此作了回应,但没有说其实我自己也有一个"好奇的所在"——那就是我的女儿,当你捧读这册书,置身于这个我们共同建造的思想的、情感的、精神的小天地,将会抱有怎样一种心境?虽然你知道我一直在写字,也知道我将要把它们交付出版,还配合提供了自己幼儿园时期的涂鸦,但是你还没有读到其中的文字。你将如何体会、作何感想,我真的很好奇,不只对当下你如何反应很好奇，而且对若干年后你如何反应很好奇。

　　我们要开始新一轮聊天了。2010年12月第一次这样跟你说话，那时候你还是七岁多的小丫头片子，一转眼七年时间过去，今天面对的是十四岁的大丫头了。到这个年龄，自己的事情，家里面大大小小的事情，你都能有清晰完整的记忆了，我也懒得帮你啰里吧嗦地作"起居注"了。我将更有所选择地来作记录，同时更多地、更直接地谈我对你在即将面对的生活中的各种问题的看法。我想，这是与十四岁的少女恰当的交流方式。

♡ 2017年10月11日

关于"文化人"的随想

　　今天八卦一则与那册小书有关的花絮。

　　我的朋友张阿姨读过我写的一些文字，有次她约吃饭，在桌上向朋友介绍说，这是"柯总"，"他是个作家"。

　　这让我当场脑袋发蒙，完全没反应过来要做任何解释，过后想起来就忍俊不禁。一个父亲，记录了些孩子成长的点点滴滴和自己见证参与成长的所思所想，怎么就成了"作家"？

张阿姨是在抬举我。因为称为"总"的人满街都是，而"作家"相对稀缺。物以稀为贵。只有少数人才能够享有的身份，在多数人眼里有更大的荣光。

不清楚张阿姨是否曾经是"文青"，有过当作家的梦想和对作家的崇拜。我小时候没有关于职业梦想的体验，从未设想以后要从事什么工作。到研究生毕业留校工作后，面对身为大学教师的现实，开始把职业身份定位到"学者"，更准确些说，从那时候起，我生平第一次有了职业梦想——努力成为一名学者。

到机关工作的最初几年，当时媒体对所谓"学者型官员"推崇有加，我也一度萌发过成为那样一种人的念头。后来我渐渐觉察出实务工作和研究工作的分野，同时感觉时间精力难以让人名副其实地兼具"学者"和"官员"两个身份，于是放下了做学者的想法。读博士研究生那些年，正逢文化热兴起，我的专业方向正好是文化思想史，又正好在宣传文化部门工作，常常不自觉地把自己归入"文化人"之列。随着在实际工作中浸染更久，越来越明确地意识到，某个领域的管理工作与实际工作属于不同的工作门类，多年经历所塑造的价值、行为、心理取向，决定了自己不可能成为"文化人"。至此，我唯一的职业身份认同是公务员——公共事务管理从业者。到集团工作后，我唯一的职业身份认同是国有企业管理人员。

都没把自己归入"文化人"之列的一个人，被介绍为"他是个作家"，怎么不脑袋发蒙，忍俊不禁呢！

♡ 2017年10月13日

年轻时最值得努力的是
有意识地尽早确定职业方向

今天聊聊我的大学同学老陶。

老陶是个很有意思的人。他某些方面很"笨拙"。大学报到后在广元军训,一操正步他就"同手同脚",几天下来,教官被迫特批他不参加操练,改去厨房帮忙。军训一个月,老陶在厨房打了大半个月的杂工。不知是否这个事留下了阴影,从大一到大二,他最大的担心,是体育达不了标毕不了业。

某些方面他很"糊涂"。有次他生病服药,药物说明书上白纸黑纸写的是每次服用几片,他竟然看成每次服用几十片,且一口气吞服了几十片药,很快晕厥,幸好被及时发现送医院洗了胃保住了命。

有些方面他很"另类"。当时有门叫"basic"的计算机语言课,绝大多数人初次接触计算机,都学得有些似是而非。期末考试大家集体作弊,你抄我的答案,我抄他的答案。老陶似乎是唯一没有参加作弊的人,他坚决不抄别人的答案,也坚决不准别人抄他的答案,而后来班上唯一要补考的也是他!

那时老陶常常带点自卑的口气说,自己不善交往,搞不来关系,做事不灵活,除了在大学教书做学问,做不了其他工作。当时大家总是安慰他,而多年以后我们才明了这恰恰是老陶的过人之处。在我们绝大多数同学还对以后的职业方向懵懵懂懂的时候,他已经有了基于清醒的自我认知后的明确职业定位。

老陶以后的学习工作轨迹循个人定位波澜不惊地展开。大学毕业后考取本校的研究生,研究生毕业到杭州一所大学教书,很快考到北京大学读博,再回川大读博士后,之后回到湖南老家一所军队院校教书,再后来调到另一所大学继续做老师。我有年出差到长沙,见他们一家小日子过得有滋有味。

在当初那班同学中算不上多么出众的这个人——但愿他不会为这个说法怄气,凭着自知之明和持之以恒,把工作生活安排得顺当安定。我想所谓大巧似拙,说的就是老陶这类人吧。

在从业问题上,人们总羡慕那些八面来风、选择多多的人。但拥有多种选择不等于能够做出正确的选择。就像老人数落有些年轻人谈对象"挑来挑去把眼睛挑花了",在多种选择面前,如果没有清醒的自我认知和明确的自我诉求,很容易犯选择困难症,到最后五心不定输得干干净净。

多经历一些选择,固然能让人生的画卷因此而得以丰富,但与其蜻蜓点水般地浅尝辄止,不如尽早选定方向,长期深耕细耘。

"少壮不努力,老大徒伤悲"。努力除了要有好态度,还要有好方法。如果像无头苍蝇似的只是到处乱撞,到头来伤悲终究难免。年轻时最值得努力的一个事,是有意识地尽早确定职业方向,未来的路事倍功半还是事半功倍,很大程度上取决于这一点。

♥ 2017年10月14日

通过不断尝试找到
适合的职业方向是幸运的

丫头，接着上面的话题多聊几句。

为什么要争取能尽早确定职业方向呢？因为我们绝大多数人，主动也好被动也好，早点也罢晚点也罢，总是要面对之后从事什么工作的问题。这是养家糊口的需要，寄托志趣的需要，可能也有打发日子的需要。天道酬勤，通常情况下，聪明才智大致相当者，在同样事情上投入更多的人胜出的概率更大。谁都不敢自以为比别人聪明，谁也做不到把一天的时间掰成两天来用，我们能够做的是争取尽可能早一些进到某个职业领域，比晚进入的人赢得更多的时间，投入更多的精力。

道理虽如此，但做起来非常难。困难既在于真正了解职业状况，又在于如何真正把握个人状况，更在于如何达到职业方向与自身状况相对路相适应。外行看热闹，内行看门道，各种职业门类，只有身在其中的人才知晓难易苦乐，没有深入其中的人都是雾里看花。不了解一个职业的状况，你凭什么选择它作为自己的职业方向。

不仅如此，如何真正把握个人状况更增加了选择的难度。这至少涉及三个方面：素质能力方面，这决定着是否有能力承担某类工作；兴趣爱好方面，这决定着是否有热情从事某类工作；个人诉求方面，包括对环境优劣、收入多少、地位高低等等的考量，这是影响职业选择的重要因素。对多数人说，想清楚个人诉求比较容易，发现兴趣爱好也相对容易，了解自身的素质能力则不那么容易，而统筹三个方面则非常不容易。满足个人诉求的工作未必有能力做得下来,有能力做好的工作未必符合兴趣爱好,符合兴趣爱好的工作未必满足个人诉求,种种错位在职业选择中比比皆是。

世界上没有全才,很少有人在多个领域都得心应手,绝大多数人也许只适应某一类工作,最多某几类工作。在繁多的职业门类中,综合把握职业和个人状况,找到和确定适合自己的方向何其难!

人们常常感慨在茫茫人海中找到"另一半"之不容易,职业选择之难不逊于此。因其如此之难,所以更值得用心去做。穿越山高水长牵手两心相悦的人是幸运的,而通过不断尝试找到适合的职业方向的幸运不亚于此。社会中多数人都是将就着找了份事情来混,慢慢习惯成自然。接受命运的安排虽不失为明智,但是丫头,我更希望你是个幸运儿!

2017 年 10 月 15 日

关于坚守选择与修正选择

丫头,我们继续聊选择职业方向的话题。

做这个事情,除了要有主动选择的意识,还要有恰当的方法和好的心态。

解决任何问题，都有从感性到理性的过程。对这个过程更形象生动的描述，是"大胆地假设，小心地求证"。基于感性认识也好，做大胆的假设也好，做职业方向选择，选的是方向，而不是具体的单位、部门甚至岗位。社会越是发展，职业越是呈现细分化趋势。如同样做老师，因教授内容不同而有学科、专业的区别，因教授对象不同而有幼儿园、小学、中学、大学的区别。同样做媒体，因传播手段不同有报纸、期刊、电视、广播、互联网等等区别，在每个部类中，还有做采编、做技术、做经营、做保障的区别。面对成百上千的工作门类，我们能做的是先选个大方向，再进入其中。

接下来是"求证"。"求证"在这里就是通过找感觉，体会、印证、确认这份工作有没有能力做下来，对不对自己的路，是否符合预期，把这些因素综合起来考虑，决定它是不是你想要的那份工作。

这个阶段容易让人犯难的是如何把坚守选择和修正选择两个方面兼顾起来。认识来自实践，过程性地来看可以说来自时间。认识了解人需要时间，认识了解某份工作同样需要时间。所谓坚守选择，就是必须在熬到足够的时间后再对一份工作下判断，决定做下去还是放弃它。这点上，我个人倾向于要有点坚持的韧劲和毅力，判断不宜下得过早、过于草率。而另一方面，事情也一定不能久拖不决，当清楚地意识到这份工作不适合自己的时候，必须及时修正先前的选择，尽早另作打算。

放弃一份工作后，新一轮选择又开始了，而且很可能将循环往复下去。我知道的人中，像老陶那样"先知先觉"且毅然决然者寥寥无几，多数人三十岁左右尝试过几份工作后，才终于在某份工作上安顿下来，四十岁上下还在作选择的人也不在少数。这也未必是坏事，经历好事多磨，终以大器晚成而修得正果的不乏其人。或者我们可以这样来理解，反复选择的过程也是逐渐接近真相的过程——自我的真相和职业的真相，而做人的乐趣就在这过程之中。所以，也没有必要把自己逼得太急，尽可把心放宽些。

♡ 2017年10月16日

确定职业方向，持之以恒地坚守选择

有句老话叫"一条路走到黑"，与"一根筋""死脑筋"的说法一样，用以讽刺那些缺乏变通的人。我以为，在个人职业道路上，反而需要有点敢于"一条路走到黑"的倔强和执着。对经过认真选择后确定的职业方向，必须有长期坚守的决心，不宜轻易变更。变化工作岗位和"跳槽"到别的单位，是职场常态，但对是否改变既定的职业方向转入新的职业方向，需要慎之又慎。

但凡人做事情，在无路可退的情况下，反而能激发斗志放手一搏，调动全身心投入其中，取得超出预期的效果。狗急了跳墙，人逼急了什么事都做得出来，这些带有贬义色彩的说法中不乏朴素的真理。反过来，如果总抱以"此处不留爷自有留爷处"的幻想，打一枪换个地方，就会像猴子掰苞谷一样，扔了玉米去摘桃子，扔了桃子去摘西瓜，扔了西瓜去追小兔，最后空着手回家。

做不好事情，很多时候问题不出在没得选，而恰恰因为选择太多，瞻前顾后太多，左右为难太多，三心二意乱了方寸阵脚。坚守个人的职业方向，我们应该有那种自断后路、勇往直前的勇气。

对此我不乏切身体会。离开学校到机关工作后很长时间，我一直存有回学校做老师的想法。因为这种想法，每当工作出现困难，个人发展遇到挫折，不是想方设法去破解困难，不是从自身找问题的原因，而是用"反正还可以回去做大学老师"自我宽慰，回避困难和问题。现在想起来，这种想法的存在，不仅影响了工作角色的转换，而且影响了对机会的捕捉和把握。到三十五岁左右，才真正接受已经回不去了，也没有必要再回去，彻底断了做回大学老师的念，安下心来做个称职的公务员。自己沉心静气了，之后的路也相对平顺了。

作出职业方向选择后，正确的方法是持之以恒地坚守选择，狡兔三窟的念头不可取，企图脚踏几只船不可取，这山望着那山高不可取。这是应有的职业态度，也是一种人生智慧。

世界上不存在只有好处没有坏处的事情。工农商学兵各个职业门类各种工作岗位，各有各的甘苦。坚守对职业方向的选择，除了横下心在某个领域中待下去，还涉及心甘情愿地接受由职业所决定的利弊得失。到机关工作之初，拿着那份微薄的薪水，对比那些做金融、做外贸、做报纸、做电视的同龄人的收入，心理上难免不平，很怕在人前说自己的工资，甚至怀疑自己比其他人能力低下。经过几年的时间，才想通这与能力无关，是职业差别使然，终于不再怀疑自己低能了，在人前谈及收入高低也不再难为情了。

我的这些个人经验，但愿你从中有所领悟。

2017年10月17日

宁专勿博，宁缺毋滥

丫头，当你进到某个职业领域，加强职业修养和提升职业能力，将不得不面对处理广博与专精的关系。有关这个问题的看法，可谓"前人之述备矣"，大多认为：广博与专精是数量与质量的关系、广度和深度的关系；二者互为前提，广博是专精的基础，专精是广博的提高；读书学习要博观而约取，兼顾广博与专精。

这都是学者之言。讲道理无懈可击，但做起来让人无所适从。我做久了实际工作，凡事总习惯性地追问"究竟怎么做""先后顺序是什么""主次关系是什么""如何才能实现效果最大化"。有些个人体会提供给你参考。

梁启超说:"无专精则不能成,无涉猎则不能通也。"史学家陈垣也说:"只博不专,难于有成;只专不博,学则不通。"我理解,所谓"成"既指成就学问,也泛指做成事情,可见专精侧重于解决实际问题,致力于培养做事的实际能力;而所谓"通"即学识贯通、养成通识,可见广博侧重于解决思想问题,致力于培养一种在更大的时空范围内,着眼于事物多样性、多歧性展开思考的视野、眼光和境界。二者虽然相互联系,但同时又有很大的区别。要求所有人都有开阔的视野、深刻的眼光和广大的境界,过于求全责备。对多数人来说,职分所在是做好手上的事情,在其位谋其事,宁专勿博、宁缺毋滥是务实可行的选择。

我们身边有些人没读过什么书,没去过多少地方,没有广博的见识、优雅的谈吐,每天手上摸着、心里想着、耳朵听着同样的事情,在所从事的职业领域内日积月累,由外行而内行,由内行而能手,在精益求精的追求中,成为所在领域的佼佼者。不少手艺人靠着把一门工艺做到极致,为"千有万有不如一技在手"的老话作了诠释。这样做人做事我看没有什么不好。这不就是所谓的"工匠精神"吗!

即便在文化程度较高的人群中,所谓专家大多够不上博学,能够在同一个学科内跨不同专业方向的人不多,能够跨学科跨领域的人更少,能够由某个领域的专家跻身为贯通多个领域的大家者少之又少。在信息、知识爆炸时代,学科、专业及与之对应的知识、技能的细分化进一步加剧,出现通才、大家一类人物更不可能。而所谓通识教育、素质教育，如果不以专业化为中心，围绕夯实专业素养展开，坚持在专精的基础上求广博，其所提供的知识和信息很可能无处生根，难以收到预期效果。

在知识积累相对有限的古代，有过那种"天上的事知一半，地上的事全知道"的百科全书式学者。他们以惊人的博学多才，充当了当时人类知识的储存器、检索器。在知识的咨询和检索系统日益完善的今天，广博所具有的社会价值大大减弱，刻意在广博方面挑战人类智力的极限似乎已无必要，不妨把时间和精力花在求专精上。

庄子说："吾生也有涯，而知也无涯。以有涯随无涯，殆已！"广博只是相对而言，无止境的广博永无可能，离开专业化片面提倡广博无益有害。读大学到研究生七年时间，我读书学习思考过于庞杂，缺乏应有的聚焦，是一个教训。丫头，希望你记取我的教训，从进入大学开始，就有意识地养成围绕某些方向、一些问题读书学习思考的习惯。

2017年10月18日

定性初成，
意味着人生的根基大致确立

昨天老妈加班，我打球运动后八点过回家，你说老师要求家长配合学生做三件事，一是抽背《出师表》，二是抽背英语课文，三是听讲反比例函数。

抽背《出师表》对我来说不在话下。抽背英语，只要在抽背前用几分钟读懂课文，也勉强可以应付。吃不消的是听讲反比例函数，我对你讲的那些云里雾里完全不知所云。听讲中途，我建议到此打住，但你坚决不肯，坚持讲完了七个要点。

现在，凡是学校要求家长配合做的事情，完全不用我们提醒你做，都是你督促我们来做，督促抽背书，督促签字，督促听讲反比例函数之类。如果我们回来晚，你会在睡前把作业和课本翻到某些页，整齐地放在进门的鞋柜上，上面附一张留言，分门别类清清楚楚地写着在某个作业某册课本的多少页，签什么内容，而且每项后面都有"名字加日期"的字样。

生活上也更有主见，需要添啥东西，怎么随季增减衣服，如何安排周末时间，都自己拿主意了。

无论生活还是学习，从养成习惯起步，到现在你已经有了强大的自我管理能力。定性初成，意味着人生的根基大致确立。

每想到这点，我不胜欣喜。我都好奇，不知道是我和老妈太有智慧呢，还是你天生悟性好。老话说"有心栽花花不开，无心插柳柳成荫"。我和老妈都属于多一事不如少一事的人，极厌烦事无巨细亲自过问，也许正是我们放任自流，成全了你的自由成长。

你接下来要做的是积累经验，培养处理各种各样事情的实际能力。我帮你想了一下，不外乎五个方面的事情：一是继续完成高中、大学的学习，进而入职就业，在工作岗位上增强本领；二是从恋爱到婚姻，到组建家庭到当好母亲；三是认识理解人，养成自知之明和知人之明，学会与各色人等打交道，掌握彼此相处的分寸；四是拓宽识见，培养兴趣，激发热情，陶冶情操，在生活中自得其乐；五是逐步建立对各种社会现象包括意识形态、思想观念、国家制度等的看法，处理好个人和社会的关系。

另外还有三个事情：一是培养安全意识，任何时候都懂得保护自己，除了最重要的生命安全，还要规避政治风险、法律风险、名誉风险；二是培养规则意识，做任何事情都清楚地意识到底线在哪里、边界在哪里，绝不触犯规则，心中随时要有个"怕"字；三是工作生活有韧劲，不怕困难，能经受挫折。

唉，我是不是头脑发热，想多了？

2017年10月20日

一个人可以有书卷气，
但一定不能太书生气

对比罗马人的质朴刚毅，秦汉以降的中国人，特别是在社会中担负了重要角色的读书人群体，显得要孱弱。这一点，从某些常用词的使用就看得出来。

比如"书生气"，这个词据说出自宋人范成大所说"洗净书生气味酸"。说一个人"书生气重"或者"太书生气"，大都包含过于理想化、非常教条化，看问题简单幼稚，不切实际、做不了实事等意思。再比如，民间有"秀才造反，十年不成""秀才经商，赔个精光"的谚语。清代人黄景仁写诗自叹遭逢："十有九人堪白眼，百无一用是书生。"其中"百无一用是书生"一句后来广泛流传。总之，在约定俗成的语境中，读书人大都一副孱弱的形象。

有人把原因归结为科举制度，认为隋唐时期实行科举以后，读书人为实现"朝为田舍郎，暮登天子堂"的追求，两耳不闻窗外事，一心只读圣贤书，在皓首穷经中不仅因功名心长而英雄气消，而且搞垮了身体，成了手不能提肩不能扛、无缚鸡之力的孱弱之辈。

其实，读书人孱弱的形象在隋唐以前已经存在。南朝人刘义庆所编的《世说新语》有"文弱可爱"的说法。南朝梁代沈约所编记述南朝一代历史的《宋书》也有"君本文弱"的表述。"文弱"一词，当然是文雅柔弱的意思，至于是否可以从"因文而弱"一方面来理解，很是耐人寻味。

读书人的这种形象似乎还可以追溯到更早。《论语》中有批评人"四体不勤，五谷不分"的话。关于这个话批评的是谁，历来有争议，许多人认为是批评孔子，也有人认为是批评子路。不管这话批评的是谁，总是针对当时的某些读书人而言。"四体不勤，五谷不分"本义在形容人不事农桑，不知稼穑，脱离生产劳动，缺乏生产知识。或者可以推而广之地这样来理解："四体不勤"则血脉不畅，从而导致身体羸弱；"五谷不分"关乎生活常识，结果是生活能力低下。

或者可以认为，早在两千多年前，已经有人注意到，当时读书人中出现了一种为追求更高的精神文化而牺牲强健体魄的倾向，一种为追求更高的智识而牺牲生活常识的倾向。就此而言，说"四体不勤，五谷不分"那位"荷蓧丈人"真堪眼光独具，一语道出了从那时延续千年的部分读书人的症结所在！

读书人之所以成其为读书人，是因为通过读书获得较之其他人更多的知识和文化。有了更多知识和文化的人，更应该懂得珍惜健康，保有强健的体魄；更应该懂得社会生活，保有健全的常识。但不幸的是，从古以来相当部分读书人给人的印象，不是在这些方面比其他人做得更好，反而做得更差。

丫头，一个人可以有书卷气，但一定不能太书生气。如果拥有知识和文化必须以健康的身体和健全的常识为代价，这种知识和文化宁可不要。

2017 年 10 月 25 日

读书求知，
是为了在现实真相中深入下去

历史专业的人都熟知意大利历史学家克罗齐那句话："一切历史都是当代史"。不管对这句话如何理解，从存在和意识的关系上看，虽然历史并非现实政治的附属，但是历史研究从课题的提出、结论的确立到成果的运用，都贯穿着对现实的关照。不只是历史研究，不只是社会科学研究，甚至严谨如自然科学研究、浪漫如艺术创作实践，都无不贯穿着对现实的关照。知识作为人认识世界和改造世界的工具，其价值也在于帮助人认识世界和改造世界。人要改造的只能是现实世界，而要对现实世界产生影响甚至按照人的意志改变其走向，必须要看清和理解现实世界的真相。

读书求知，不是为了从现实真相中脱离出去，而恰恰是为了在现实真相中深入下去。开阔视野、增长见识的目的，不止于见多识广本身，而在于把现实世界放置于无限丰富、无限广大的背景中，通过对比参照，获得更真实的理解。真相所在或即是真理所在，接近真相或即是接近真理，读书人追求真理，自当致力于求解真相。读书人应当更加务实。

强化关于现实真相的意识，养成务实的态度，始终把关注的目光、思考的焦点收拢聚集到求解现实真相上来，我想应该是在读书中需要勤下功夫的另一处。

2017年10月29日

我们需要一种清明的理性

人都是感性和理性兼而有之,既有依靠感官直接感知事物建立印象的本能,又有借助抽象思维洞察本质把握规律的潜能。感性带给人温暖多彩,理性带给人清明有序。

于情于理、合情合理、入情入理、通情达理、不通情理、不合情理、有违情理、情理难容等等,都是习见习闻的成语,可见情与理不可分,感性与理性不可分。所以有人说:"我们需要一种清明的理性。这种理性是在这个嘈杂的世界中拯救生命的一种力量。同时,我们也需要一种欢欣的感性。这种感性之心可以使我们触目生春,所及之处充满了欢乐。"

那么究竟应该怎样在读书求知中培养理性呢?我有一些体会,就是要学会控制自己的欲望,要学会控制自己的情绪。人都有七情六欲、喜怒哀乐,而欲壑难填、感情用事正是人性的弱点。一个人如果对自己的欲望和情绪不加约束,任由欲望摆布,任由情绪左右,必然走向贪得无厌、任性妄为。格物致知、读书明理,很要紧的一点就是要通过建立对于事物的判断,厘清事物之间的联系,弄懂其中的道理,在做人做事中善于分辨边界,守住底线,把握分寸,始终把自身的欲望和情绪保持在可控的范围内,努力做到用理性驾驭感性,用理性引导人生。这是理性和知识的价值所在。这也是应该是在读书中需要勤下功夫之处。

学会控制欲望和情绪是人生的大命题,也是非常困难的一件事。

面对权力、声誉、地位、感情、美色，人都很可能索取无度。至于情绪化，远非情绪冲动、脾气火爆、动不动与人斗嘴斗殴那一种，轻易地陷入某种情绪之中，或者长时间为某种情绪困扰，不管是悲伤、愤怒还是烦躁、亢奋，都是情绪化。读书人中有些人稍微遭受挫折，就意志消沉、感怀身世，或逃避世事、超然物外，或耽迷于玩乐、游戏人生，我以为与过分情绪化、一味任着性子去有很大关系。这些都值得我们在读书求知中随时警醒。

♡ 2017年10月30日

善于把复杂问题简单化，体现了一种综合思维能力

依照各自处理问题的方式方法，可以把人分为两种，把复杂问题简单化的一类人和把简单问题复杂化的一类人。两种方式方法会产生不同的过程和迥异的结果。前一种人做事，省时省力省心，结果常常不错；后一种人做事，费时费力费心，还难有好结果。与前一种人相处共事，心情又愉快又有成就感；与后一种人相处共事，常常因为事情一团糟，弄得气不打一处来。"不怕狼一样的敌人，就怕猪一样的队友"，很多时候说的就是这种情况。

很多人都有这些感受,但绝大多数人不曾深究其中的原因。在我看来,效率高低和结果好坏,事倍功半抑或事半功倍的背后,在认识论、方法论上有着从感性出发或从理性出发、着眼于现象或着眼于本质的区别。善于把复杂问题简单化,体现了一种综合思维能力,包括洞察真相的能力、把握本质的能力、条分缕析的能力、统筹协调的能力,因而是很高明很了不得的本事。把简单问题复杂化和把复杂问题简单化,二者之间在能力上有天壤之别。而知识的价值、读书求知的目的,即在于帮助人通过了解事物的全貌和真相,通过多种方式方法进行比较选择,从中找出更省时、更省力、更省心的解决问题的方式方法。读书有没有让人更加睿智透彻,很大程度上表现在是否善于把复杂问题简单化。有意识地培养把复杂问题简单化的能力,努力找到解决生活工作中各种问题更省时省力省心的方法,我想应该是在读书中需要勤下功夫的另一处。

♡ 2017年10月31日

读书求知的最终目的,在于养成正确的人生态度和健全的人格

丫头,从现在读中学到以后读大学,你还有很长一段读书求知的

路，即便参加工作了，还会面对读书求知的问题。关于读书，西汉的刘向说："犹药也，善读之可以医愚。"很少人去体会这话中还有个潜台词，那就是如果读书不得其法或误读或错读则不能医愚；不仅不能医愚，甚至还可能读出一大堆毛病，导致一系列"病变"，比如读迂了，读傻了，读疯了，等等。开卷未必皆有益。因此选择更加重要。对此不可不慎之又慎。

连续好几天板着面孔，讲了一大堆道理。总而言之，希望你通过读书求知，克服自以为是，养成谦卑的态度；看清理解现实真相，面对真实的社会人生，养成务实的态度；努力用理性驾驭感性，懂得控制欲望和情绪，不被欲望和情绪困扰；避免简单问题复杂化，学习把复杂问题简单化。

这些经验之谈，来自我的观察和感受，不少由不断的自我反省所得。我以为这当中最要紧、第一位重要的是不自以为是。只要不自以为是，能听得进不同意见，其他都可以慢慢体会、慢慢提高。如果总是自我感觉良好，自以为是、固执己见、一意孤行，则万事休矣、此生休矣！

我数落了读书人中的一些人，话说得比较苛刻。之所以如此，是因为总有些人包括某些媒体，喜欢把读书人中本来属于问题的表现，当作正面的东西来推崇，冠之以"名士风度"，誉之为"文人风骨"，加以溢美之词，传为文坛佳话，误导了很多人，对人生阅历浅、辨识力不足的年轻人尤其具有迷惑性。我唯恐你上这种当，为那些迷思浮象所困，把预防针打在前头。

丫头，读书求知的最终目的，在养成正确的人生态度和健全的人格。我愿意你自始至终以普通人过日子的平和态度，把自己安顿在真实平凡的生活中，脚踏实地地做人做事。做好了这一点，读不读书、多读点少读点又何妨呢！

♡ 2017年11月1日

学习的目的将越来越聚焦于发现思想、评估价值

胡叔叔前几天送了我一个小米的人工智能音箱，他说这个名叫"小爱同学"的家伙近乎无所不知无所不能。问哪个城市天气如何、哪个地方路况如何，它都能一一作答。问牛顿第二定律内容是什么、广义相对论内容是什么，它"稍加思索"也能一一作答。通过软件连接到大数据，它能回答古今中外、天文地理各种各样的问题。

前阵子老妈弄个扫地机器人回来，我很好奇它怎么做到一个屋子一个屋子、一个角落一个角落地转。现在又来个更神奇的家伙。说起来出现不久的人工智能，没想到已经在走入寻常百姓家；以为只应用在高大上的科学研究中的人工智能，没想到与普通人的生活如此息息相关；以前科幻电影里面的场景，没想到在现实中真实上演了。小时

候看《小灵通漫游世界》的小人书，以为是天方夜谭，后来逐一成真。三十年前、二十年前，我们难以想象能够像国外电影中的人那样有自己的汽车，而现在汽车早已经是日常生活品。世界越来越呈现加速发展的趋势。事实一次次教育我们。不久之后这个世界和人们的生活将是什么样子？对于我这样今年暑假跟你一起出门才学会用手机在网上订票的人，适应新时代真是个不小的考验。真是不学习无以活啊！

随着人工智能和各种新技术在医疗领域越来越广泛地应用，人类或者很快可以告别"生年不满百"的现况。人造器官会不会比生而有之的器官更加强大？大脑能不能更换，换头手术能不能普及？储存在大脑中的人生经历的印记，爱过的、眷念的、期盼的、感恩的、牵挂的种种，能不能完整地保留着？如果无法保留，那这个人是否是原来的我呢？如果我还可以做原来的我，同时成功配置的新器官带来新的活力，激发少年般对未知世界的好奇和向往，向往着踏上一段新旅程，向往与有趣的人成为新朋友，向往着今晚赴一场盛大的约，那该是多么妙不可言啊！但我想要的不止于此，我一定要所有的挚爱亲朋，一如当初笑颜如花的都还在那里！

以前学中学地理，要求背江河湖海的名字、盆地高原的名字、铁路的名称及起止地点等。学中学历史，哪个朝代什么时间在哪个地方哪些人做了什么事，也是要反复背诵的知识点。小米音箱这样的人工智能普及后，这些信息类的知识兴许就不用死记硬背了吧？科大讯飞推出的同声翻译设备普及后，以口头翻译为目的的外语教学，必要性兴许需要重新评估了吧？这种情况下，再往后老师教什么和怎么教、学生学什么和怎么学方面，势必面临颠覆性、革命性的变化。信息类的知识的重要性也许会退居其次，而必须通过记在脑里装进心里潜移默化对人产生长期作用的知识，比如文学、比如艺术等，我们或者可以统称为文化类的知识，其重要性将更加凸显，而生活能力和良好习惯的养成、美好性情和健全人格的培育、思维能力的提升和人生智慧的开启、世界观价值观人生观的确立，将更具重要性。学习的目的将不只是掌握知识，而会越来越聚焦于发现思想、评估价值。这是你即将面对的状况，丫头你准备好了吗？

♡ 2017年11月4日

大凡落入定式，
必定带来不可小觑的副作用

今天周日，我上午在办公室写字。昨天周六，我在办公室写了一上午的字。上个周末两天，我两个上午都在办公室写字。国庆节后这段时间我很是用功。上班时间事多，办公室人来人往进进出出，没有办法写字，五点下班后安静了，我通常写字到晚上十点过回家，害得阿姨要多动一次火为我热菜热饭。我平时上班八点过出门九点前到单位，而周末八点不到已经坐在办公室了。

人容易陷入到某种定式之中，写字也是其中之一种。大凡落入定式，必定带来不可小觑的副作用。久坐不动让我的肩颈承受了过大的压力，背部产生强烈刺痛。事情好，若方法不对，好事可能变成坏事。有些读书人或许就是这样日复一日地渐渐文弱下去了的吧。从上周起，我开始有意识地强迫自己摆脱那种定式，适当克制写字的冲动，努力让思绪转到别的地方，增加运动次数，尽量多休息。想要跟你说的事还那么多，可不能因为身体的原因说个半截子话。

♥ 2017年11月5日

一个人读了书明了理，做人做事应该更接地气

丫头，一个人读了书明了理，做人做事应该更能接地气，应该更能安排料理生活，这生活就包含了物质生活。虽然物质生活并非生活的价值和意义所在，但很多时候它是追求生活的价值和意义的基础和前提。人不能一门心思栽进物质里，但也不能忽视必要的物质基础，应该为自己争取和创造更好的物质条件。希望以后你在合理合法、自食其力的前提下，尽最大可能照顾好自己吃穿住行玩各个方面，努力让自己吃得安逸些、穿得舒适些、住得惬意些、行得自由些。如果有人以"高尚道德""美好情操"之名指责你太庸俗，大可一笑了之。

为帮助你真正廓清迷雾，我想进一步谈谈如何看待、如何理解"穷而后工"。

"穷而后工"出自宋代欧阳修的《梅圣俞诗集序》，意思是文人越是穷困不得志，诗文就写得越好。这个表述始于欧阳修，但大致的意思却是其来有自。这之前，唐代的韩愈讲过"不平则鸣"，汉代的司马迁讲过"发愤而作"，战国时期的孟子讲过"困于心，衡于虑，而后作"。

值得注意的是，从孟子到司马迁、韩愈，强调心志上、思想上、情感上的苦楚、愤懑、不平驱动人有所作、有所著、有所鸣，讲的主要是精神上的思想之苦、情感之苦。到欧阳修那里，他以"穷而后工"的表述，把心志上、思想上、情感上的苦楚、愤懑、不平，归因为人生的穷困郁积，转向强调物质上的身体之苦、生活之苦。

应该说，"穷而后工"的论断符合不少人的奋斗经历尤其是文学创作实践。从古以来，不乏有志向高洁、怀瑾握瑜的人，虽然因"时运不齐，命途多舛"难伸抱负，甚至穷困潦倒至于上无片瓦、下无立锥之地，但不改其志，执作于自己的追求，终能有所作为。对这些人予以应有的评价，显扬其事迹，表彰其成就，不仅是对历史负责以告慰前人，而且给那些身处困顿的后来者以希望，足以激励他们"穷且益坚，不坠青云之志"。

但是，过分强调有所作、有所著、有所鸣，把物质上穷困潦倒视为成就人生不可或缺的经历，也怕是有失偏颇。道理很简单，有多少"穷而后工"的事例，就有多少"不穷而未必不工"的事例。物质生活条件优越的人，所取得的成就未必不如物质条件恶劣的人。艰难困苦，玉汝于成。这份难，恐怕主要是生逢其时之难、得遇伯乐之难、施展抱负之难；那份苦，恐怕主要是由此而来的心志之苦、思虑之苦、情感之苦。

丫头，没有人能随随便便成功，取得超出常人的成就，他必定要经受常人不能经受之苦，这种苦主要是心理上的纠结、思想上的困顿、情感上的折磨。在物质方面，有条件过好一些，就没必要自讨苦吃。不是非要把自己弄到不名一文，上顿不接下顿，才能出好思想好文采；而即便到那个地步，也不见得就有好思想好文章。没有必要刻意为文章之工而受生活之苦。

♥ 2017年11月8日

独立面对、调节情绪，是一个人成熟的重要标志

丫头，我们无时无刻不处在某种情绪之中。不论任何地方，不论任何时候，总会有喜怒哀乐某种情绪与我们相随。

情绪因外界事物的变化而引发，但归根结底源自人生命体本身。

生命在运行中永不停息地滋生出各种各样的情绪。只要是人，只要人活着，就会有情绪。这是生命内在的机能。

有很多美好的情绪，幸福的、愉快的、酣畅的、惬意的等，置身在美好的情绪中，人无不志得意满。也有很多糟糕的情绪，悲伤的、忧虑的、恐惧的、耻辱的、沮丧的等，困扰在糟糕的情绪中，人无不郁郁寡欢、寝食难安。

范仲淹在《岳阳楼记》中把不同自然景物带给人的不同情绪描述为"去国怀乡，忧谗畏讥，满目萧然，感极而悲者矣"，或"心旷神怡，宠辱偕忘，把酒临风，其喜洋洋者矣"。但外界景物和内在情绪之间的这种对应关系未必成立。谁说不是呢，阴雨连绵的光景中也会有喜悦，而春和景明的日子里却也难免会哀伤。

人无法左右情绪的发生，无法阻止情绪的到来，无法选择情绪的好坏，但不等于唯有接受情绪的摆布。情绪是一种感性，人除了感性还有理性。生命生成情绪，同时也被赋予了处置情绪的机能。调动这种机能，首先应该乐于承认各种各样的情绪，无论美好的还是糟糕的还是无来由的情绪，都是生命正常的反应，是身而为人必须随时面对的问题，同时应该清楚地认识到情绪作为一种感性的东西，常常与真实状况有出入，有着容易被放大的特点。开心的时候，事情未必真如我们感受的那样好；而忧虑的时候，事情未必真如我们感受的那样糟。

情绪如水，不能堵只能疏。处置糟糕的情绪，各人有各人的方法。有人借酒浇愁，所谓"何以解忧，唯有杜康"；有人疯狂娱乐，所谓乐以忘忧。我以为都不是好的方法，很大程度上反而会扩大情绪的负面影响。据说有些女生情绪不好时喜欢不停地吃零食,不知道有没有效果。很多人的经验之谈是通过专注做事转移注意力,不让自己沉迷其中,让情绪慢慢挥发淡化。有些人一旦情绪不好就想找人倾诉,希望得到开导。我年轻时也如此,后来发现效果有限。而之所以效果有限,因为自己倾诉于人的是一堆感性的东西,而别人用来开导自己的多半是一些道理,感性的东西很多时候难以用讲道理的方法来解决。

这最终是一个旁人不容易搭上手,必须独立面对、自己解决的问题。而是否能够独立面对、自己解决,是一个人成熟与否的重要标志。在这个过程中,我想最能帮助我们摆脱糟糕情绪的是时间,最重要的是自己不放大情绪,把它看成很自然、很正常的事情,做到尽量安静地送它走。很多事情都这样,太在意了反而处理不好,不在意反而处理得好。

♥ 2017 年 11 月 14 日

关于恋爱

在一个文明社会里,照大多数人的理解,把男女、婚姻和家庭串联在一起的是名为"爱情"的情感。无论男生还是女生,到某个年龄都会自然萌生对于异性的渴望,这是身体、心灵的本能反应,是生命体内在的机能，其中蕴含着人类这一物种繁衍延续的密码。

受这种情感驱动追求异性的行为，不外乎两个结果，被接受或者被拒绝。若追求行为被接受，于是在男生和女生之间形成亲密的互动关系状态，就是恋爱了，它是婚姻和家庭的起点。

爱情是一种感性，像情绪的生成一样，萌发爱情是极自然极正常的事情。但爱情又与自身的悲伤、低落、喜悦、开心这类情绪明显不同，它带来的感受是全新的、前所未有的。管控自己的情绪已是很难的事情，现在要处理一种牵涉到其他人的情感，真可谓难上加难！

人这种动物太复杂，人的个体差异实在太大了。处理情感问题，既没有定律和原理可以遵循，也很难学习别人的做法和经验，只能靠"实践出真知"，在亲身经历中通过点点滴滴的积累进而养成爱的能力。就像学游泳，不是学好了再下水，而是在游泳中学会游泳。

学习都会有个过程。以亲身经历为主要形式、经验积累为主要内容的学习，从印象的建立到作出判断，从技巧的掌握到能力的形成，会是一个漫长的过程。所以，恋爱不仅是一个需要学习的事，而且是一个必须长期学习的事。

恋爱的具体情形，一种是一开始就碰巧互相遇对了人，两个人从相识相惜到白头偕老；另一种是在尝试过与不同的人相处之后，最终与恰是时候到来的那个人结良缘成正果。前一种是少有的情形，后一种占绝大多数。很多人羡慕前一种，其实两种情形说不上哪一种更好，哪一种会更幸福，背后是各种机缘在起作用。很大程度上，后一种才是绝大多数人所要经历的常态。

这终归是一个为缔结婚姻、组建家庭、安顿自我不断寻找、不断追逐、不断尝试的过程，没有人从始至终只为守候某一个人，更没有人只为某一个人而生。好事常常多磨，只要符合社会道德规范且忠实于自己的内心，多有几次恋爱的历练，不仅实属正常，而且未必是坏事。这丝毫无关于人品的好坏。把多几次恋爱经历的人归入品质有问题的看法谬误至极。

♡ 2017 年 11 月 16 日

恋爱，首先是找对人

但凡需要学习的事情，就不是赌运气的事情。很多人把恋爱遇人不淑归结为运气不好，这个话可以用来自我宽解或者安慰别人，但很可能掩饰了问题的实质。如果是纯粹赌运气的事情就不必学习了。而恋爱并非是完全靠运气决定结果的事情。

恋爱是两个人的事情。都说要有场好的恋爱，首先是遇对人。这话没错，但用词欠妥。"遇"传达的意思，好像与什么人恋爱全是命运在安排，且都是随机的，自己只是听从了命运的安排，或者被动地接受了命运的偶然。这不符合恋爱的真实情况。那么多人从身边走过，凭什么为其中某一个人瞩目停留？这既非偶然也不被动，完全是自己的选择。所以，准确的说法应该是，要有场好的恋爱，首先是找对人。说到底是一个知人识人的问题。

知人识人需要独到的眼光，但并非没有方法可循。人是社会性的存在，知人识人最基本、最重要的方法是把他还原到真实的社会中，看他怎么说怎么做，怎么对人对事，怎么待人接物。而具体的做法应该是，当感觉到爱情的情愫正在两个人之间酝酿发生时，你需要努力接近对方的真实生活，有意识地弄清楚他真实的家庭情况，真实的工作状况，真实的交往圈子，真实的兴趣爱好，真实的生活习惯，观察他如何对待父母师长，如何对待兄弟姊妹，如何对待亲人朋友，如何对待同学同事，进而了解他的思想、观念和行为。总之，必须尽可能真实地、全面地了解这个人。这不是为了掌控谁，是为自己的幸福着想。忽视做这种功课，眼里只有两个人相处的感觉，可能是很多人遇人不淑的原因。

在此过程中，应当十分留意他怎么对待别人，是否与人为善，是否诚实守信；怎么对待工作，是否有主见，是否有行动力，是否有坚持的毅力；怎么对待自己，有没有自我期许，能不能自我反思。在这个基础上，你就可以回答下面这三个问题了。第一，这个人品德如何，是不是通常意义上的一个好人？这个问题作答不难，相应要做的是坚决排除你认为人品有问题有缺失的人。第二，这个人能力如何，是不是一个足以自立至少是能自食其力的人？养活自己都困难的人，人品再好也坚决不要考虑。第三，这个人的性情、教养、品味对不对自己的胃口？这个问题，只有自己在彼此相处中寻找答案了。

丫头，关于如何找对人，我有几个小方法要送给你。第一，留意一个人能不能认错改错。认错不一定非要口头上说出来，不一定非要有道歉，能见之于行动就好。一个人心里面能够知错，行动上能够改错，不会差到哪儿去。坚决不要和死不认错的人在一起。对那种口头上总是勇于认错但行动上总是无法改正的人，也要保持距离。第二，留意一个人是否能妥协让步。性格上天生能够妥协让步的人比较容易相处，而在方法上能运用妥协让步的人，综合思维能力必定不差。第三，留意一个人会不会心软，有没有柔弱的一面甚至流泪的时候。有这些表现的人，大都心地善良、为人坦荡。第四，留意一个人怎么对待单位的下属、小区的门卫、楼道的保洁员、贫贱的亲戚朋友、街头的流浪汉等。如果他始终保持谦卑和礼貌，这种人值得珍惜。

在恋爱中知人识人，适用的方法技巧与在日常生活中认识了解人并无二致，与我们从小到大选择结交朋友并无二致。知人识人在恋爱中变得困难，原因在爱情如梦如酒，让人处在一种如梦如幻、半醉半醒的状态。其结果是恋爱中的人，常常把自己在对方那里当作例外。

什么意思呢？就是你明明不认可他对人对事的态度和方式，但仍然相信他不会这样对待你。这大约就是人们常说的被爱情遮蔽了眼睛、被爱情冲昏了头脑、爱情让人变傻的意思吧。所以亲爱的女儿，恋爱中知人识人最重要的一条，千万不要把自己当作例外。你一定要相信，一个人怎么对其他人，最终就会怎么对你。

要有场好的恋爱，首先是找对人。我常跟你几个姐姐说：处对象一定要选人品，人品虽不保证能天长地久，但人品好的不会恶语中伤人，不会造谣诽谤人，不会刻意设计人，也比较能够相互体谅。

♡ 2017 年 11 月 18 日

什么是好的恋爱

各种影视剧中，男生和女生从互有好感到成为恋人，常常有这样一些画面，比如其中一方鼓起勇气说"我们恋爱吧"，比如男生把一束花递到女生面前并说"做我女朋友好吗"，比如两个人在共同经历了艰难时刻后终于热烈拥抱亲吻对方等。生活中恋情的确立未必一定经历这种场景，但恋人之所以成为恋人，总有某些被彼此视为仪式性的语言或行为，把恋情和好感区别开来，让两个人彼此相处的方式转入男女间最亲密的那种关系。

爱情本已让人意乱情迷，在人心浮动的时代，爱情更少矜持而更多率性，这固然让爱情以更加真实的姿态绽放，但也很容易让爱情因率性而变得轻率。生活中如胶似漆转为形同陌路的故事每时每刻都在上演，失败的恋爱每时每刻都在发生。其他人怎么做我管不了，但是对你，我必须提出下面的忠告：在决定是否要开始一段恋情，是否要接受一个人成为恋人的时候，必须尽可能确认自己是否已经进入那样的一种状态，必须尽可能确认两个人的相处是否已经到了那个阶段。

是一种什么样的状态呢？当然是日思夜想，寤寐思服，一日不见，如隔三秋。所有的心思在一个人身上，只要有他或者她在身边，无论做什么都是最好的安排。没有这种感觉不是恋爱，但好的恋爱不应该只有这种感觉。

好的恋爱一定还要让人内心不纠结。始终相信已经在最好的时候选择了最对的人，永远不后悔。这是好的恋爱应有的让人毅然决然奋不顾身的感觉。如果你心里还有纠结，还有放不下，还想着要骑驴找马，我劝你三思而后行，不要投入这段恋情，免得误人误己。

好的恋爱一定还要让人感到自在坦然。在他面前，你没什么好藏着掖着，没什么好躲躲闪闪，是什么样子的人，不掩饰地展示最真实的自己，包括最柔弱的一面，包括其他人认为你很笨拙的地方。一切自自然然，想哭就哭，想笑就笑，可以有各种小性子坏脾气。因为没有刻意，所以不感觉委屈。总之，彼此相处中，你没有拘束感，没有束缚感，没有压抑感，没有觉得和这个人在一起的时候，你需要变成与平时那个自己不同的另外一个人。如果到你需要决定是否投入一段恋情时还不能自自然然地相处，我也劝你三思而后行，不要投入这段恋情，免得误人误己。

好的恋爱一定是你情我愿。一个人不拒绝与你交往，有多种可能性，可能是两情相悦，但也可能受某种欲望的驱使，或出于某种现实的考虑，甚至可能怀有难以告人的目的，也不排除纯粹闲得无聊。所以，在还没有坠入爱河之前，还没有被麻醉到难以自拔之前，你需要从多个方面，从各种细枝末节中，用心去体会、去发现、去证实对方是否抱有与你同样的感觉，确认他内心有没有纠结，是否与你一样毅然决然奋不顾身，是不是自在坦然，是不是还有所保留。这当然靠感觉，而人的感觉在这方面通常很准确。如果确定他没有像你一样全身心地投入，我也劝你三思而后行，不要投入这段恋情。

好的恋爱还必须无人反对。中国的传统，恋爱不完全被看成两个人的事，还被视作两个家庭、两个家族、两个朋友圈的事。虽然这种观念现在淡薄了，恋爱越来越被认为主要是两个人的事，但家人、亲人、朋友出于关心有所建议也在情理中。好的恋爱并非从一开始就没有人说三道四，两个人交往之初，亲人朋友有反对意见很正常，因为对人的认识了解都需要有个过程。但如果在你坚持交往并讲出理由之后，且在经过不短的时间之后，素来关爱你的人中仍然有反对的声音，甚至反对意见还不在少数，甚至反对意见还很激烈，就必须十分谨慎地对待了。当局者迷，旁观者清。真的出现这种情况，我负责任地提前告诉你，十有八九问题在你自己身上，十有八九是你自己犯了糊涂。在这过程中，你必须坚守常情常理，相信身边最亲近的人只会为你好，不可能故意离间拆散谁和谁。哪个人会闲得没事要来反对你们两个人在一起呢？

如果你们的交往遇到来自对方家人、亲人、朋友的反对，你同样要十分谨慎地对待。在男女交往中，不顾周围人反对赖死赖活要在一起的事例不少，面对困难激发起斗志或者也是一种人之常情。这些事例不乏最后结果很好的一类，但大多就此埋下了解不开的麻烦，以后平添烦恼。遇到这种情况，我劝你知难而退，趁早放下吧。

两个人的交往，如果在双方的家人、亲人、朋友之外还遇到其他人的反对，尤其是曾经或多或少与你们当中任何一个人有过感情交集的男生或女生的反对，那你就要十二万分谨慎地对待了。这起码说明你们中有人之前的感情问题没有画上句号，你们的交往让别人受到了伤害。有伤害必然有报复有纠缠，有无穷无尽的烦恼纷至沓来。对这种异常糟糕、十分危险的情况，必须立即中断交往，待问题处理圆满且确定没有后遗症了再做考虑。

　　上个星期天出差去了腾冲，昨天下午才回来。旅途中有两个晚上，把想到的一些话记在手机的备忘录中，今天下班后从手机导出来作了整理。先到这儿吧，很晚了，我回家吃饭了。

♡ 2017 年 11 月 23 日

好东西必须让人快乐、阳光、健康

　　丫头，当你还是个八岁的小丫头时，在交流该如何选择某些东西来喜欢、来相信、来奉行时，我跟你写过下面这些话：

　　　　应该怎么办呢？不用急着给出判断，不管谁说什么，撕掉"中国""外国""古代""现代""后现代"所有这些标签，努力弄清楚这些标签背后真实的意图，想想按照这些主张，我们的生活、周围的世界将变成什么样子。如果那样子让你心安理得，让你充满向往，让你活力迸发，让你感受真诚善良美好，自己快乐同时无所愧疚于人，你就接受那些主张吧。如果那样子让你心绪不宁，让你寝食难安，让你无精打采，让你感受罪恶耻辱失败，自己不快乐同时倍感愧疚，请远离这些邪恶的主张。像"摸着石头过河"一样，熟悉了解各种看法，慢慢地，渐渐地，在无数次的选择取舍后，建立自己对人生、社会、世界，周遭一切人和事的判断标准。

亲爱的女儿，我心目中好的文化，不要深奥，不要华丽，不要严肃，不要那么复杂，简简单单、明明白白就好。好东西必须让人快乐、阳光、健康。理论是灰色的，只有生命之树常青。管他别人说得天花乱坠，不用理会那么多，一切问题简单化，保持一个敏锐的嗅觉、触觉、感觉就好。

这里说的对各种思想文化作出判断取舍的方法，大致适用于选择确定和一个什么样的人成为恋人。六年多时间过去了，你已经长成十四岁的大丫头了，对于在不久的将来该如何决定是否进入一段恋情，我还是那句话——好东西必须让人快乐、阳光、健康。好的恋爱让人内心明亮，它带来孩子般的率真，把人变得澄澈单纯而不是纷扰复杂；好的恋爱让人内心踏实，让人对该做什么不做什么心中有数，把周围一切变得线条清晰、井然有序；好的恋爱既让人激情燃烧，又让人内心安静，这种安静感也是一种归属感，就像经过长时间旅途颠沛流离后终于回家了；好的恋爱让人感到随处洋溢弥漫着希望和快乐，让人充满善意，把生活工作变得饶有趣味。总之，好的恋爱让人随时随地感到美好的价值和意义生长焕发，向上向前的力量托举着扶持着，把自己变得越来越好。

而在与一个人相处中，如果感到委曲求全，感到被戳痛，被撕裂，被拖累，被灼伤，被胁迫，人由此变得卑微，变得焦虑，变得躁动不安，变得小肚鸡肠，变得猜忌多疑，变得患得患失，那么这种交往一定不可能发展出一场好的恋爱。不管这场交往有多么吸引人，都到此为止，趁早放手吧。

♥ 2017 年 11 月 25 日

人的底色最终会在时光中呈现

丫头，处在相互情感交集的状态之中保有知人之明，需要人具备从情感胶着中抽离出来，拉开距离从远处观察打量另一个人的能力。

现实生活中只有少数人或者天生具备这种能力，或者通过增长阅历养成这种能力，多数人难以做好这点，故有"情人眼里出西施"一说。

暂时还不具备这种能力也不打紧，你可以付出时间，用时间来换取这种能力的增长，让时间去见证一个人的真实模样。路遥知马力，日久见人心。人的底色最终会在时光中呈现。无论多么高明的伪装，多么巧妙的掩饰，都逃不过时间的检验。可以说，时间是赢得一场好的恋爱、一个好的婚姻必须支付的成本。

在这个凭感觉的即兴时代，快餐风行的速食时代，各种闪恋闪婚扯人眼球，媒体为满足人们的猎奇心不惜笔墨大加渲染，叙说的口吻颇让人心动。这对年轻人是一种误导。一见钟情终归是极少数。现实生活中虽有一见钟情走入成功婚姻、执子之手与子偕老的案例，但由一见钟情走到黯然神伤的事也不少。对那些不能复制、没法效仿的事情，我们似乎没有必要去向往自己能成为那百分之一、千分之一乃至万分之一的幸运儿。

爱情如此浪漫圣洁，如此庄严神圣，以至于人们很难把恋爱、婚姻视为一种产品。其实恋爱、婚姻就是一种产品，以情感为酵素、以各种现实条件为原料、两个人共同参与创造的生活产品。任何产品的制作都有工艺，这款生活产品的制作自然也要讲究方法技巧。这样说难免让人联想到手腕、手段、伎俩这些贬义词，觉得亵渎了美好的情感。这不能不说是一种误解。这恰是不少人难以赢得一场好的恋爱、一个好的婚姻的原因。

坠入爱河的两个人，在情感驱使下，不由自主地向往能快点牵到彼此的手,能快点相互拥入怀中,能快点得到地久天长的承诺。这都是本能使然,合乎人性。但合乎人性的举动未必都有好的结果。驱动人行为的是本能,确保行为产生良好结果的则是理性。有意识地约束、管控、引导不计后果的本能,正是理性的作用所在。在这个过程中,与其快一点,不如慢一些。作为女生需要有点矜持,这份矜持无关于道德说教,这可能是上天教给这些柔弱生灵赢得幸福的一门诀窍。若真的有缘,两个人相守一生的岁月那么长,何必在意眼前这点点时间呢!

恋爱和婚姻是人生的重要功课,做好这门功课,和做好其他任何事情一样,最需要踏实的态度。

2017 年 11 月 26 日

所谓懂事,
大约就是一点一滴得来的

今天拉拉家常,留点你成长中的影像。

期中考试结束了,你的成绩和排名通知单如下:

语 118,A 卷 86.5,B 卷 31.5;数 121,A 卷 97,B 卷 24;英

126.5，A 卷 92，B 卷 34.5；物 58，A 卷 47，B 卷 11；化 43.5；总分 467；总分班排第 8，年级排第 191。

我对这个成绩和排名一如既往地持肯定赞赏的态度：很不错！全年级十五个班七百多个同学，谁也不比谁笨，取得这个成绩已经非常好了。

初中一年级，你在班上排十多名，在年级排两百多名，从初一到初三，成绩和排名保持稳中有升，有次甚至出人意料地成了全班第四名。学习上能够不断进步，我想得益于养成了良好的自我管理能力和学习习惯。

期中考试后，班上重新调了座位，你和周靖杰做了同桌，现在你们坐第二排。周靖杰在我们家以"周黑娃"的名号著称，我还不清楚这个名号因何得来，他是你们同学中的知名人物，几乎每次考试都是班上第一名，不少时候还是全年级第一名，堪称超级大学霸。

这段时间你们班上有一件大事是小京京出国。她去法国参加女儿的毕业典礼。你们很早就盼着这天，向往着难得的放松。小京京在上个周末出发，据说你们兴高采烈地在同学微信群中发了同样的话——"祝小京京法国之行愉快！"上个周末我听你在盘算：小京京多半周日回来，周一应该在倒时差，周二才能到校。但你没想到的是，小京京周一早上回来，当天下午就到班上了，你们的好日子提前结束了。不知道你们会不会在微信群发"欢迎小京京回国到校"！

初三放学较初一初二晚，大致在七点以后。学校每天下午都安排跑步，你说每次都跑得衣服湿透，所以回家第一件事是洗澡，洗澡后吃饭，饭后八点过开始做功课。读小学那几年，你读英语、语文总出不来声音，实际上没有读只是看，现在能大声读出来了。通常十点半左右由家长抽背书，内容要么是英语课文要么是古诗古文，我们说好了如果我和老妈都不在家，你就自己背。从初一到初三，大约都在十一点过上床睡觉。

虽然这个季节你在家里还穿着凉鞋，但稍微能知晓冷热了。上周六出门学画画前，一个人在房间磨蹭，我问你在做啥，你说正在想怎么穿衣服才不会骑车冷。这是以前少有的事。前几天有点感冒，也不再像以前那样坚决拒绝喝赵阿姨冲的药剂了。所谓懂事，大约就是这样一点一滴慢慢地来的吧。

♡ 2017年11月30日

你的人生一定比我
更加宽广自在、惬意有趣

前几天想起今年8月底老妈曾经发过一篇你写的文章给我看。那是写给自己的青春寄语，上个期末班主任小京京布置的一个假期作业，你在开学前夕的某天上午赶出来，请老妈帮着打印后发到班级群里。

我不保留微信和QQ的聊天记录,当时看过后就删除了。我让老妈把那篇寄语重新发给我,我把它保留在这里作个纪念——纪念身为父亲的我第一次完整地读到女儿写的一篇文章。

    青春是一场梦,是一场不散场的电影,不断播放着精彩的镜头、画面。巡回、轮转、重复、永不停歇。

    曾经幻想过,青春会是怎样的一场盛宴。伴随着幻想与憧憬,真正与青春相遇时,却发现那童贞的幻想远远是无稽之谈——真正的青春,除了欢声笑语,更多的是挥洒的汗水与数不清的努力和奋斗。

    比起空想般的长篇大论,比起不去付诸行动的远大志向,我更希望自己做到的是珍惜。珍惜青春时光,珍惜友谊,珍惜拥有的一切——仅此而已。不希望自己做出什么惊人的举动,不希望自己刻意地背负什么样的包袱,只希望能够在不知多久以后,面对青春时光,还能笑着叹出感慨万千。

    这便是我的青春寄语,于我而言最好的寄语。在挥洒汗水时珍惜当下,在奋斗拼搏时展望未来。

    青春只是人生长河中的一段,却是风景最绮丽的一段。如同经过了山路十八弯一般,走出了荆棘之道,终点处总有豁然开朗的惊喜与感悟。

时间总会冉冉流逝，青春也是如此。唯有珍惜，才能将其永远封存在记忆的殿堂里。

二十年后，我会身处何地？会想着什么？会对美好的年华感叹吗？我不知道。

缓缓夏风，落英缤纷。少女前行吧，属于我的青春年华，才刚刚踏出了第一个浅浅的脚印；属于我的青春画卷，才刚刚染上了最浓墨重彩的一笔；属于我的青春乐章，才刚刚奏响了序章；属于我的青春，才刚刚开始！

这篇文章从头到尾不夸张、不雕琢、不拖沓，谋篇布局、起承转合、遣词造句的水平超过我的预想，看来之前我小看你了。我边读边心里发笑：拼凑镶嵌了那么多词语，看来小学以来摘抄"好词好句"的功夫没有白做！

反复读你的文章，没有发现有特别华丽、特别绚烂、特别细腻、特别敏锐之处，这让我消除了很多担心。敏锐的东西容易破碎，细腻的东西容易断裂，绚烂的东西容易凋萎，华丽的东西容易暗淡。天之道，损有余而补不足；人之道，损不足而奉有余。比较而言，各种品质能力还是组合得平均些为好。这样当然只能组合出一个平常人，但我宁愿你只是个邻家女。

文章透露出来的几个特点，尤其让我感到欣慰和开心。首先是那种自然平实的味道。行文简洁明了，没有顾影自怜、自作多情，一点都不矫情。这说明你不是自以为是、自视过高、自我感觉良好的人。然后是那种沉稳舒缓的节奏，这不仅说明你思维清晰、富有条理，而且显示你性格上不急不躁、不亢不卑。再就是那种爽朗明亮的心境，不对未来抱过分美好的幻想，不给自己提苛刻的要求，凡事往宽心处想，在任何时候都是美好的性情。当然，还有积极向上、青春洋溢、葱茏茂盛的气象。都说文如其人，这些感受与我平常对你的观察如出一辙。

我进一步把现在的你和当初的我进行对比并真切地感到，从对己不苛责、对事不苛求、心态不纠结、情绪不激烈方面来说，你的性格比我好很多。这类性格的人，通常能避免过度追求完美、走极端，通常不浮躁、少虚幻，比较务实、比较随和，因而在做人做事上、工作生活中会走得比较平稳，比较顺当。丫头，你的人生一定比我更加宽广自在、惬意有趣！

♡ 2017年12月1日

赢得幸福只有真诚和勇敢远远不够

"一定要幸福啊"——影视剧中女生鼓励闺蜜勇敢地争取一段恋情、进入一场婚姻时常说这句话。赢得幸福必须付出真诚和勇敢，但只有真诚和勇敢远远不够。能否在恋爱、婚姻和家庭中获得踏踏实实、长长久久的幸福，有运气的成分，但起决定作用的是眼光和心态。只要不否认万事万物非不可知、非不可为，就必得承认处理感情问题有眼光高低、心态优劣的差别。都说只有做好自己才能遇见对的人，做好自己的关键，应该在养成正确的眼光和心态。

据说股民中，多数人赔钱，只有少数人赚钱；多数人所以赔钱，因为普遍买涨不买跌，少数人能够赚钱，在于能反其道而行之。在最终目标上，多数人认为好的那一定是真好，但在实现目标的路径上，多数人认为正确的未必真的正确。恋爱和婚姻的最终目标是个人幸福，虽然这幸福必须借由特定对象才能实现，但特定对象和最终目标毕竟是两回事，把特定对象当成最终目标是很大的误解。我们为个人幸福而活着，绝非为某个人而活着。把得到某个人当做幸福，因为得不到寻死觅活，一点不值得！在感情问题上克服从众心理，远离大家关注、争相追逐的对象，真正做起来非常难。人同此心，心同此理，众多人仰慕的对象，多半也是自己向往的对象。割舍情丝必须战胜自己，需要付出决绝的态度。

"世有伯乐，然后有千里马。千里马常有，而伯乐不常有。"因为伯乐不常有，千里马常常在人们的视野之外。丫头，我心目中好的爱情，是避开众人的目光关注所在，细细打量、用心发现看似不起眼而实具璞玉之资那样的人。彼此现在还带着羞涩、稍显懵懂、经常顽皮，但终有一天会呈现出清澈、晶莹、明亮的样子。"瞻彼淇奥，绿竹猗猗。有匪君子，如切如磋，如琢如磨。"两个人一起经历，把各自的成长变成相互的成就。我祝愿你能找到这样的人！

前几天在饭桌上，话题从影影姐姐男朋友的父母来成都了，说到薇薇姐姐他们会什么时候结婚，又转到再过几年你就会谈朋友了。我说，最好不找外国人，来家里我们听不懂说话，交流困难。你说，不是有科大讯飞吗，同声翻译，无缝对接。老妈说，最好也不找北方人，北方有些地方女生吃饭都坐不上桌，只能在厨房吃。你说，这也不能找，那也不能找，都没有人可以找了！然后我们就开始笑。

丫头，没有那么多禁忌，我和老妈的玩笑不当真，我的那些建议只供你参考，该怎么样还得你自己拿主意。恋爱既然需要学习，当然就允许试错，有一两次找不对人的经历，是成长无法迈开的过程。进入婚姻状态的两个人都可以在离婚后各自重新开始，何况恋爱本身就是双反相互适应和磨合的一种尝试。

♥ 2017年12月5日

"打扫干净屋子再请客"

万事万物皆有由来过往。对于国家、区域、城市，对于种族、民族、家族，其由来过往即所谓历史；个人的由来过往，通常简单地称为经历。历史也好、经历也好，基本的要素离不开时间、地点、人物和事件，主要的内容总是说在某个时间某个地点某些人做了某些事。

每个人都有自己的经历，学习、工作、生活、成长，这当中自然涉及情感。绝大多数人都不可能第一次恋爱便成功地走入婚姻。在感情上，世界上没有谁只为一个人活着。但现实中，当彼此的好感转为爱情，在本能的支配下，人都会产生占有欲，那种彻底占有对方的欲念，对方完全属于自己一个人的欲念。这种欲念如此强烈，以至于不仅渴求占有对方的现在，掌控对方的未来，而且溯及想要占有对方的过往，由此生发一种彼此之前经历一切，千回百转只为此生相互遇见的信念。神话就这样在欲念的驱使下被创造出来。著名的爱情故事大多怕也是神话，不仅内容是神话，而且广泛流传也是神话。

欲念是真实的，神话是虚构的，爱情乃人性本然，却又那么虚幻不实甚至荒诞不经。所谓假作真时真亦假，真作假时假亦真，而何谓真何谓幻，何谓虚何谓实，让人难以辨识。不只爱情，我们的人生其实常处在这样虚幻与真实交织交融、亦真亦幻的状态。

小朋友喜欢神话故事，但小朋友终归要长大，多数人长大后就不那么喜欢神话故事了。活在神话故事之中的人是幸福的，但那种幸福转瞬即逝。当神话消散，爱情的热潮退去，从天上重回凡间的人们，还将面对如何对待各自过往的问题。

历史有着无声的力量，迫使人们不得不对它作出回应。哪怕持否认态度，说到底还是一种回应。若不能对历史作出恰当的回应，历史将如梦魇般随时侵入和干扰现实，像传说中没有被安顿好的逝者灵魂，常来人睡梦中作怪，让人不得安宁。一个国家、一个民族不能正确对待历史，一定不会有远大的前途；因爱情关联的两个人，不能妥善处理各自之前的情感经历，多半不会有美好的未来。

这是彼此间一次深度的试探，决定这场恋爱是否继续往前走。迈过这道坎，必须双方共同分享这样的理念：生命是独立的个体，每个人以忠实于内心的方式对自己负责，没有谁只为一个人活；每个人都有自己的过往，不能要求过去对现在负责，曾经谁爱过谁，曾经谁被谁爱过，曾经谁从谁的生命中走过，所有已经成为过去的各自情感经历，在新的恋情中不成其为瑕疵；每个人都由自己的过往所塑造，不能理解并接受一个人的过往，算不上真正的接纳。

达不成这种共识，这场恋爱没法继续下去。即便继续下去了，也免不了牵牵绊绊、磕磕碰碰，难得圆满。丫头，如果不幸遇到拒绝接受这些理念的人，无论当下的感觉多么美妙，也必须斩断情丝，毫不留恋地趁早放手。我百分之百地断言，这种人心胸狭隘，思想扭曲，认识偏颇，好走极端，缺乏对事物最基本的理解能力，缺乏起码的待人接物的能力，既极其弱智又非常凶险，与此等人为伍，相当于自己给自己埋定时炸弹，随时随地都可能炸得血肉横飞。

迈过这道坎，还必须在分享共同理念的基础上，各自对之前的感情经历做真诚的、认真的、全面的清理和了断，直到确定自己已经能够清清爽爽、干干净净、全心全意、了无牵扯地进入新的恋情，直到确认对方做了相同的功课并有着与自己同样的状态。把彼此的现在和未来交付给对方，同时应该以坦诚的态度把各自的过去交代于对方。具体的表达需要斟酌技巧，但不隐瞒通常是明智的做法。

丫头，我要特别告诫，如果你稍微察觉对方还放不下过去，心里还有别的人,那坚决不能进入这段感情;如果你稍微感觉自己心里还有别人,还放不下过去,同样坚决不能进入这段感情。总之,任何时候必须小心翼翼地避免在感情上的模棱两可,宁愿不要那段感情也永远不让自己处在那种状态。

你八岁生日前夕,老妈曾经带着你在家里做过一次大扫除,主要是清理你的房间,收拾出至少十多包要扔弃的东西,包括从小的各种玩具,各种摆设装饰,看过的画报,写过的本子,画过的卡片,等等。我当时作了记录并说了下面的话:

> 现在,那些没用的东西清理出来扔了出去,你的房间变得干净整洁,也腾出了新的空间,可以把喜欢的东西放进来。这次新年扫除,是老妈给你作的一次很好的示范。而我更希望你能从中理解,我们的心灵、我们的思想、我们的精神、我们的感情,都应该不断地进行清理,凡是变质的东西、乏味的东西、废弃的东西、有害的东西,坚决扔掉,留下真正好的东西,腾出位置接纳新的东西。要学会收藏,那是对过去的感恩,但是要学会取舍,更要始终留有新的空间。中国有句老话:旧的不去,新的不来。你看我们中国画,最好的作品总是有很大的空白,那是我们想象的空间,也是创造的空间,是新的开始。

这已经是近七年前的事了,是否还记得?有句话叫"打扫干净屋子再请客"。我把这句话送给你,提醒你在面临一段新的感情时,务必对之前的情感经历做干净彻底、不留死角的清理扫除。

一场恋爱、一个婚姻能走多远、质量怎样、结果如何,取决于彼此的感情基础。建立牢固的感情基础,需要正确的理念、真诚的态度,尤其是自我反省、自我净化的能力。

❤ 2017年12月7日

恋爱大可苛刻挑剔,
婚后应该包容随和

丫头,上个月中旬以来,在这里跟你说了不少有关恋爱、婚姻和家庭的话。每每想到这桩人生大事关乎你的幸福,就有说不完的话要交代。满脑子飘浮着想要表达的思绪,如风一般掠过,如光一般闪过,捕捉这些精灵般的思绪像在捉迷藏,一不留神就让它溜走。这是我第一次体会到"思绪"这个词的妙处——思想的念头如丝线般连绵缠绕。抓住这些念头煞是费心,把它们形之于文字也很费劲。有些念头,感觉已经锁定它了,却始终找不到恰当的字眼来描述它。

话题是恋爱、婚姻和家庭,实际上满纸在说恋爱。这不是因无心而跑了题。恋爱是婚姻和家庭的起点，没有恋爱何来婚姻和家庭，经由好的恋爱打下坚实的感情基础，走入婚姻和家庭是顺理成章的事，也只有这样得来的婚姻和家庭才能够比较融洽圆满。基础不牢，地动山摇，要有好的婚姻和家庭，必先有一场好的恋爱。恋爱是最该做足的功课，我自然费口舌费最多。

当然，有了好的恋爱打下的基础，也不保证婚姻和家庭不出问题。事物在不断地发展变化，而人心尤其变幻难测，世界上没有一劳永逸的事情。正因如此，所以才有感情需要维系、婚姻需要经营一说。较之于恋爱，进入婚姻和家庭会产生新的问题，但其中多数问题可能属于恋爱过程发生过的那些问题的重新上演，形式不尽相同而性质如出一辙。化解这些问题的方法，多半能够在之前两个人相处的经验中找出来。这也是为什么恋爱是最该做足的功课的原因。

丫头，在我看来，恋爱大可苛刻一些、挑剔一些、较真一些、任性一些，而进到婚姻后应该宽宏一些、包容一些、随和一些、隐忍一些。恋爱时把标准定高些，结婚后把要求放低点。结婚前对不原谅的事情决不迁就，结婚后慢慢学着迁就。没有人不犯错，包括你自己在内的谁都可能犯错，知错能改善莫大焉，要懂得原谅。无论如何，人是你自己挑的，能够经过恋爱走到婚姻阶段的两个人，非万不得已不要放手。茫茫人海，找到情投意合的人不容易，重新寻觅一个人未见得比接纳一个知错能改的人更明智。

有人说婚前要心细如发，婚后难得糊涂。经验之谈值得用心琢磨。

2017年12月10日

即便是一个人，
也一定把日子过精彩

丫头，说过上面那些有关恋爱、婚姻和家庭的话之后，我还必须要说：即便是一个人，即便永远找不到对的人，也一定善待自己，一定把日子过精彩。

感情不是生活的全部，爱情不是感情的全部，没有爱情，还有亲情，还有友谊，还有很多值得去做并从中获取幸福感、价值感、归属感的事情。文明越是发展进步，人们对生活方式的选择越是多样。而无论如何，都一定要坚守事业上的自立、经济上的独立、精神上的自由。必须工作以确保个人生计，并实现以独立的身份行走于社会，建立自己的人际交往。务必时刻把命运的缰绳牢牢地拽在自己手中。

我的这些交代，既来自个人体验，还来自对身边人身边事、对社会生活的观察和思考。在这整个过程中，我从始至终不断向你传达和强调这样一种看法：我们做任何事情，最重要的是发现、接近、揭示真相；应对处理一切与人相关的问题，最重要的是自知，了解真实的自己，弄清自己是什么样的人，有什么样的意愿。我是个做实际工作的人，讲究实用，推崇务实。

又到了银杏金黄的时节。最近朋友圈晒的都是银杏。昨天周日，阳光也好，上午起床后和老妈沿长发街、长顺街、人民公园、天府广场、天主教堂、百果园走了一圈。随处可见的银杏，把这个城市装点得美轮美奂、美不胜收。

  我要下楼去吃午饭了，饭后坐西成高铁去西安，周三回来。

♥ 2017年12月10日

2018 年

美丽短暂易逝,幸福却可以长久。做个平凡人,过平常生活,未必不是好的人生。亲爱的女儿,我不希求你的人生因非凡而美丽,只愿你拥有平常的幸福。

知之固然可贵，更难得的是行之

新一年第一个月最后一天了。上周你们期末考试，昨天下午老妈去开了家长会，今天上午散学典礼之后，就是愉快的假期了。

你现在越来越关心成绩和排名。上周考试后就巴望着早点拿到分数。你的信息主要来自好朋友余班，先从她那里了解到学神"周黑娃"数学考了满分，然后又了解到余班本人考得不错。前天我下班回家一进门就听你说，成绩出来了，班级排名第13位，年级排名第246位。最近一年多，每次考试以后你都说"这次考砸了""绝对死鱼了"，实际上你的成绩和排名像你的情绪和心态，一直比较稳定。昨天的家长会上，小京京说这次你们班数学考试总体不理想，她作为数学老师感到内疚。我觉得她没必要过分苛责于自己，不是还有"周黑娃"数学考了满分吗！

由于你自己越来越在乎成绩和排名，我们更需要帮助你化解由此带来的压力。不瞒你说，偶尔有些个瞬间，我也想过你的成绩和排名其实还有提升空间。每当这种念头在脑袋中冒出来，我立刻警告自己，我不是不在乎成绩吗，我不是真心实意地认为成绩和排名不重要吗，我为什么不忠实于已有的理解和看法呢？很多事情，能知之不等于能行之，想明白不等于做得好，认识清楚不等于行动到位，即便是正确的认识，要真正践行还得有坚强的意志。知之固然可贵，更难得的是行之。

这周一上午，《亲爱的丫头》的样书，从北京经过两天多的旅程，带着油墨的香味，来到我办公室，摆上我的办公桌了。我对编排和装帧是外行，只觉得印制得漂亮——不知是否多了自恋的成分！

出版社约请到著名作家池莉和北大中文系教授陈晓明为该书做推荐。谢谢两位先生，谢谢所有为本书出版付出心血的人！

我在书的扉页上写下："这册我们共同完成的小书，作为送给你的十五岁生日礼物。老爸。2018年1月29日。"当天下班回家把写有留言的那册书和没有开封的另外两册书给了你。你在感叹一番"印成这种线装的真好看"后，很快把三册书放进了书柜。

昨天上午你到学校画版画，中午约了几个同学来家里吃饭，从始至终没有说及老爸出了这么一本书,你为这本书提供了全部插图。你身上没有一丝一毫与"炫"相关的做派。这一点你比我强得多了去了。不满十五岁的小女生有这份沉稳淡定,出乎我的意料。

♥ 2018 年 1 月 31 日

我们少了焦躁、多了耐心,可能是你的小确幸

丫头,我没有想到,你也会对自己房间的杂乱拥挤感到忍无可忍,竟然亲自动手做了清理扫除。

这是上周五的事。周四期末考试结束,周五老师评阅评卷,学生自由安排。我们以为你会利用这段自由时间舒舒服服睡个大懒觉,却没想八点钟我起来时,你已经洗漱完毕,问你起这么早要做啥,你说要收拾房间。当天我回家很晚,周六早上才见识了你的劳动成果。之前乱七八糟散落在地上的东西不见了,把桌子上各种笔和本子、柜子上各色各样小玩意儿做了归整,靠窗的几个箱子重新作了摆放。听说你从早到晚干了一整天,到最后喊腰酸腿麻。

阿姨说,那天你还用飘逸杯泡了红茶,一边做扫除一边自斟自饮。

看来你已经养成了喝茶的习惯。

你从去年春天开始喝茶，到现在近一年时间。这与我喝茶习惯的改变有关。以前我只在办公室喝茶，在家里面只喝白水，去年春节后在家里备了茶叶和飘逸杯，周末在家里也喝茶了。每次泡好茶，顺带给你盛一杯，放在你书桌上。没想到不知不觉帮你培养了一个兴趣。

今天也是你起床比我早，我起来的时候，你已经用飘逸杯泡好茶了，是乌崠单丛。我们一起吃早餐，你给我沏了杯茶，说"有点淡，可能茶叶放少了"。

亲自清扫房间和开始喜欢喝茶——最近发生在你身上的这两个事情，让我对何谓现身说法，何谓耳濡目染，何谓潜移默化，有了更真切的体会。这当然也会激励我和老妈更加做好我们自己。

现身说法是家长们都努力在做的事情。有意识地现身说法当然重要，而同样重要的是给小朋友自我体会学习留有足够的时间和空间。很多年轻的家长太急了，刚刚才提出要求，就希望小朋友立马做好。这不仅于事无益，反而易引发矛盾。无论如何，父母终归只是外力，小朋友自身才是成长的内因，外力通过内因起作用，必然有个过程。当你来到我和老妈身边的时候，我们正逐渐走出对一切急不可耐的年龄，少了焦躁增添了耐心。现在回想起来，这是我们值得欣慰之处，可能也是你的小确幸。

微信上有篇关于体制内中年男人的心态的文章，罗列出诸多表现，其中一个是"越来越喜欢喝茶，而且喝起来越来越挑剔"。从近两年我喝茶习惯的改变看，说得有道理。

♥ 2018年2月1日

孩子长大了，
家庭关系必然有所改变

　　昨天老妈有事不回家吃饭。我六点过到家后，赵阿姨说今天晚餐简单，几分钟可以开饭，你说要等一下才能吃饭，余班今天下午在附近上培训班，待会儿要从我们楼下经过，你还要下楼一趟。不久余班打来电话，你换好衣服，拎了个纸袋出门下楼了。因为前几天听你说起余班要过生日了，所以我猜想纸袋里装的多半是给余班的生日礼物。后来在饭桌上，我问你刚才下楼是不是把生日礼物交给余班，你说"是"，又问你送了什么礼物，你说"不告诉你"。

　　你类似的"秘密"越来越多。节假日你通常睡得晚，我十二点甚至一点过休息的时候，你房间还亮着灯，肯定不是写作业，但确实不知道在倒弄什么。打电话发微信，说着说着开怀大笑起来，笑得前仰后合，不知道乐的是什么。

对自己的事情越来越有主张。在家怎么穿衣服，出门怎么穿衣服，逐渐有了套路。这段时间的居家打扮固定不变，横条纹的睡衣外加一件长的开衫毛衣。不知道你为什么喜欢这种搭配。我一直无法理解的还有，大冬天你为什么一回家就脱掉袜子换上凉鞋。每天放学回来，你不会马上做作业，饭前一个多小时，一直倒弄各种小玩意儿，几乎都要饭后才着手做作业。早点做完作业、早点上床睡大觉不更好吗？不清楚什么样的心理支配着这种习惯。

对人对事越来越有自己的看法。前两个月老妈几乎天天加班，每次加班都要到十一二点，她时不时也会说长此以往简直没法活了，再这样下去干脆辞职回家不干了。有次老妈在饭桌上说到这个，你说：你还是当好你的处长，该干啥就干啥哦。

随着成长加快，我们将不得不面对一个越来越有主见的你，接受超出我们认知的行为在你身上发生，不得不克制说教的冲动、掌控的欲望、了解一切的好奇心，哪怕那种欲望和好奇心发乎天性且出于关爱。总之，我们身为父母将不得不摸索着重新定位与子女的关系。

♥ 2018年2月2日

春节：经历一场"穿越"，
然后复归于常

每次春节假期结束，我们仿佛经历一场"穿越"后，又复归于惯常的轨道。前天八点半我出门上班时，你已经坐在书桌前刻苦攻关了。离 3 月 3 号开学还有十天，离中考还有三个多月。时光易逝，很快你就要告别初中生活了。

这个春节我们照例回老家。腊月二十九，你十五岁生日当天，我们经乐山、犍为、沐川、新市，四个半小时从成都到绥江。这是我们开车回家最快的一次。爷爷早为你预订了生日蛋糕。奶奶说从蛋糕前一天取回来，柯祎然就一直围着打转，不停问什么时候吃。三岁的小朋友嘴馋着呢。在家吃过晚饭后，一家四代人陪你吹了生日蜡烛。

今年我们住舅舅家。舅妈和大伯一个单位，两家住同一栋楼同一个单元，舅舅家在十一楼，大伯家在七楼。大年三十，我们回老家第二天，舅舅舅妈去眉山陪外公外婆过春节，把照顾蛋蛋狗的任务交代给了我们。这包括几件事，每天三顿早中晚按时喂食；一天三次早中晚出门遛弯；清扫拉在卫生间的小便；在家陪着玩耍。这几件事中，喂食基本由你和老妈负责，我在你的指导下做过一次；出门遛弯也大都由你和老妈分担，因为我上午睡懒觉起得晚，晚饭喝点酒之后不大想动，所以只能参与中午出门遛弯，三十和初一两天太阳很好，我们牵着蛋蛋狗走了老远的路；蛋蛋通常出门遛弯顺带大便，小便几乎在晚上，所以清扫工作相应地总是由起床早最先进卫生间的人完成，这当然也是你和老妈的事；在家陪着玩耍，说到底就做一个动作，把它的塑料线圈球扔到客厅另一边，它立马跑过去衔到你面前，你一次又一次扔出去，它一遍又一遍衔回来，蛋蛋狗乐此不疲，而我也乐于承担这类简单劳动。

我们每天十一点左右从十一楼下到七楼吃午饭，午饭相对简单，有天是自家包的抄手，有两天是面条，爷爷专门炒了很香的肉臊子，有两天是伯娘在家做的苞谷粑。有家的味道的饮食都可口。午饭后一点过，奶奶准备睡午觉，我们要么牵着蛋蛋出门遛弯，要么开车出去逛一圈，初三那天我们带着蛋蛋，开车从绥江县城到屏山新安镇到绥江南岸镇环湖转了一圈。

五点过回家吃晚饭，晚饭都很丰盛，满满一大桌，当中必定有回锅肉或炒猪肝或炒腰花或炒猪舌，都是爷爷奶奶记忆中我小时候最喜欢的几个下饭菜。每年春节临近，爷爷把猪肝猪腰猪舌头之类从菜市场买回来存放在冰箱里，等着我们回来下锅。虽然大伯伯娘跟他说猪肝猪腰应该尽量少吃，但爷爷每年总是固执地备下这些食材。

大年初四舅舅舅妈返程，我们约好在屏山龙华古镇共进午餐。老妈是屏山人，但从来没有去过龙华古镇。这次游了古镇，爬了古镇背后的八仙山，看了据说是全世界最大的立佛，了却她一桩心愿。

今年春节二姨妈和诗诗姐姐在眉山陪外公外婆，玟玟姐姐去美国旅行了，能来家照顾呜弟包子的人都不在，我们把两个小家伙送到东光小区张宇哥哥家做客，和他们家的翠花做伴。在家千般好，出门万事难。寄人篱下不能像在家一样为所欲为。刚去前两天，两个小家伙不怎么吃东西，也不大活动，包子多数时候把自己藏在旅行袋中，呜弟随时都蜷缩在客厅的某个角落。后来愿意吃东西了，也开始活动了，但与翠花相处又成了问题。不少时候，三只猫各自占个地方，你盯我我盯他，大眼瞪小眼，彼此打量提防着。张宇哥哥发了张照片，包子和呜弟共同抢占了个沙发，包子紧紧倚靠着呜弟。在家打进打出的两个家伙在陌生的环境中似乎变得亲近了。为了礼让客人，张宇哥哥让呜弟包子继续留在客厅，把翠花安排到卧室，三只猫相对隔离。真是委屈翠花了。

  我们大年初五从老家回来，当天晚上接回了呜弟和包子，回到熟悉的环境，两个小家伙又神气活现了。

  平时在家我们睡后，呜弟总来挠门，站立着用两只前爪把门扑得撞得砰砰响，通常老妈会起来开门并说："呜弟，你有什么情况要报告，是不是包子又犯什么错了？"有天张宇哥哥在微信上问呜弟老挠门是怎么回事，老妈说："他有重要情况要报告！"

♡ 2018年2月24日

每个人都有自己的生命河流

在老家过了这个春节假期,曾经凝结在心里的某些情绪,慢慢地释然了。初五返程,在家吃过包谷粑加豌豆尖鸡蛋汤的早午饭,告诉爷爷奶奶我五一节再回来,走出家门,不再有以前那种无语凝噎。

我似乎已经能稍微坦然地接受,自己不仅无力阻止衰老和疾病在父母身上降临,而且无法替代他们选择面对衰老、疾病和死亡的态度,无法代他们背负和分担生活的伤感、生命的伤痛。除尽可能多些看望陪伴,带给他们短暂的喜悦外,我们没有办法让日渐消沉的外公振作起来,也没有办法让奶奶打消悲观。人各有造化,万事不能强求。在认知生活、认知生命的态度上,只能每个人努力做好自己,终归只有自己对自己负责,纵然亲近如父子母女、姊妹弟兄,常常都无能为力。

虽然还是会牵挂,但我似乎已经能明白,没有必要把父母们随衰老、疾病而起的伤感、伤痛加给自己,没有必要把那些伤感、伤痛归结为身为儿女不能守着父母恪尽孝道因而心怀愧疚。我想,如果自己中学毕业就在绥江老家参加工作,或者大学毕业分配回绥江老家,安居乐业的同时一辈子守在父母身边,固然非常圆满,但如果本可以走得更远,但为了尽孝道刻意留在或者回到故乡,怕是爷爷奶奶所不愿意看到的。

我不能肯定现在垂垂老矣的他们如何想,是为儿女带着他们的期望走得更远而骄傲呢,还是为儿女守在身边而欣慰,但我能肯定如果时光倒回二十年三十年前,在他们身强力健之年,绝不愿意我为尽孝道刻意留在他们身边。不只是不愿意,怕是一定会遭来胸无志向、鼠目寸光一类的严厉指责。身强力健之年的期望与垂垂老矣之年的期待,常常不尽相同,哪一种更对,得失又如何,该怎样来看?都说家国难两顾,忠孝难双全。这是生命中难得兼及之事。管它呢,做好自己的本分,这之外,心意到了,不必过于自责。

中国古代倡导以孝治天下。有些朝代,官员为了照顾父母,可以向皇帝告假,辞去现有的职位,一去三年五载,在为父母养老送终和守孝期满后,重新回来当差效力。进入现代社会后,这样的风俗永远不会再有了。

昨天中午,以前的同事陆阿姨来我办公室,一起聊了一些家长里短的事。我说,最近几年开始着手做三门功课,首先是为六十岁到七十五岁之间的退休生活做准备,要好好享用这段有点闲又有点钱、身体健康能自由行走的时光,重要的是一定有喜欢的事情做;再有是为七十五之后可能疾病丛生、行动不便甚至难以料理日常生活的日子做准备,接受与衰老和疾病做伴,重要的是继续拥有属于自己的生活,一定不把全部心思寄托在儿女身上;最后当然还要学习理性地面对死亡。

中国正在加速进入老龄化社会。不久后,我和老妈都要进到老年人之列。相信配套的养老制度、养老设施会逐步健全,但为自身计,还是趁早从知识、心理、心态上有所预备为宜。我不想有一天没有了自己的生活,只剩下盼你回家、盼你来电、盼你带着你的儿女来的念想。至于你,丫头,能走多远就走到多远,前行的路上不用有心理负担,不必要频频回头。你要相信,到那时我自然早已参透自己的生命河流。

♥ 2018年2月25日

人没必要停留在过去

春节上班后,《亲爱的丫头》面市了。原本以为这个事可以就此打住了,但之后的情况并非如此。

当书讯、书评渐次在媒体刊出,我像被某种气场所包围、裹挟,又像被什么力量所支配、驱使,不由自主、迫不及待地要想了解更多与此有关的情况。每天在网上关注媒体的消息,搜索相关报道,以至于近期用手机上网的频率和时长,创造了我使用智能手机以来的纪录。

之前没上过京东、当当和淘宝,有几次帮你买书,都去办公楼下的天府书城。现在,当自己的书成了网销商品,上网看"商品评价"成了每天要做的事。

新书出版应该与朋友们分享,而作者送书照例要签名,但我还不太会做这个事。最早送出去的一批书,都没好意思签名。大家对此提了意见:你不签名,怎么证明这是作者赠书呢,怎么证明赠书的诚意呢，作者赠送的书和自己从网上从书店买回来的书总要有点区别吧！年前送书给罗老师，他见书上没有签名，现场责令我补签，说这是对受赠者应有的尊重。受这番教诲后，开始学习在书的扉页上写赠言签名字。初做这个事时有些羞涩，多几次后习惯成自然，再后来有点享受这个过程。有些朋友看书后，在微信朋友圈发感想，也引发了我的关注。以前十天半月才看一次朋友圈的我，这阵成了朋友圈的常客。

  总之，过去一个月，我似乎处于饮酒后的兴奋情绪中，随时留意着与这册书有关的信息。面对网上和线下、熟知的朋友和陌生的读者对用心记录孩子成长这个事的赞赏，有些瞬间，我脑袋中偶尔飘飘然生出一种意象：我似乎正在变成另外一个我，比自己了解的自己更好的我！这种情形提醒我：赞誉之词侵蚀了自我警觉，蒙骗了自我认知，造成了幻象、错觉，把自己雕琢、修饰、美化成另外一个人。这也让我对何谓"为名所累"有了些许体验。都说利令智昏，而名令智昏或更甚于利。

  人没必要停留在过去，尤其不能陶醉于过去的成绩而迷失未来。明天开始放清明节假，我们要陪外公外婆去乐山嘉定坊散散心。4月8日节后上班第一天下午我去北京，9日由北京去英国参加伦敦书展。我要利用这段时间，静下心来，重新调整好状态。

♡ 2018年4月3-4日

身为大国国民，
在外部世界认知上尤其应该谦卑

这次随团参加伦敦书展，大部分时间在酒店和奥林匹亚会展中心之间活动，在访问当地书店的间隙，也安排参观了大英博物馆、伦敦眼、大本钟、伦敦塔和唐人街，我们有几个人抽空步行去了海德公园。周四中午从伦敦前往牛津，途中参观了温莎城堡，周五在牛津参加国际出版研讨会，下午三点半离开。

走马观花跑一趟，只留下些记忆碎片。伦敦给人的印象亲切自然。除金融城一带有些高楼外，多数建筑是小高层，大多不超过五层。据说英国绝大多数建筑都不超过五层。高楼大厦少，人的视野就比较开，不觉得压抑。看着这些建筑，我才恍然一悟：小时候在童话书中看到公主和王子的城堡插图，以为和童话故事一样出自虚构，没想到这里的人原本就住在那样的建筑中，那些插图是实物建筑的真实写照！

伦敦很多的建筑有几百年甚至更久的历史，因为有历史，所以有故事。一栋栋建筑串联起一群人、一个城市、一个国家，直截了当地陈列展示于人前。建筑承载着历史，了解这些建筑就是解读历史。今天的人们继续生活工作在这些建筑之中，历史和现实相互交融着，续写着新的历史。

这与我们不大相同，我们的历史大多见于文献记载，虽然也有实物保存下来，但完整地留存下来的实物建筑寥寥无几。今天的成都，不要说几百年的建筑，就是几十年的建筑怕也不多了。这是很大一个遗憾。

同样亲切自然的还有公园。放眼望去，公园里只有大片的草地和草地上的树，没有更多修饰和雕琢，铺设有简单的道路，人们在路上散步、骑自行车或者遛狗。

短短几天时间，我的观感极其有限。这里想告诉你的，是我在这趟旅途中的心态。那就是以谦卑的态度去到近代历史上一个了不起的伟大国度。那里诞生过牛顿，他奠定了近代物理学的基础；诞生过亚当斯密，他奠定了近代经济学的基础；诞生过达尔文，他奠定了生物进化论的基础。发源于英国的工业革命、学术理论、制度方案、现代文化，很大程度塑造了近代世界的模样。曾经成就伟大光荣历史的国家值得尊重，值得学习借鉴。这是此次英国之行从始至终我都在提醒自己所应抱持的态度。

中国经过快速发展正在加速崛起。我们已经是世界第二大经济体，取得的成就有目共睹、有口皆碑。在这过程中，社会成员中逐渐滋生一种自我感觉良好的情绪，仿佛我们做到了最好，别的国家都不在话下了。三十年前我读大学那阵，从老师到学生，对自领域中来自西方的观点看法，大都抱认真研究、虚心吸收的态度。而今天，我发现人们在面对来自西方同行的观点看法上变得有点大大咧咧，少了当初的认真对待而多了漫不经心甚至不以为意。"谦受益，满招损。"国民的谦卑之心越是深沉持久，国家的兴旺发达越是有不竭动力。身为大国国民，在认知外部世界上尤其应该保持谦卑的态度。我想，过不了几年，你就该满世界到处跑了，无论走到哪里，希望你对所到国家的历史、文化始终抱谦卑的态度。

你之前都背老妈在网上为你买的一个浅色的双肩包。2015年暑假我俩去兰州和敦煌，去年暑假我俩从华北到中原跑一大圈，你都背这个包。我觉得那个包小了些，颜色浅了些，但一直没有付出实际行动为你重新选购个包。这次到了英国想起这个事，于是分两次给你买了大中小三个双肩包。我想这三个包够你用到高中毕业了。

❤ 2018年4月18日

功夫不负有心人

我还在英国时，有天老妈发信息说，你体育考试拼着命跑完了八百米，这一项拿了满分。这真是来之不易！

女生体育考试满分50分，包括三个项目，坐位体前屈15分，八百米15分，立定跳远20分。这当中，坐位体前屈是你的强项，铁定不会丢分，次一些的是八百米，最不济的是立定跳远，女生1米96达标，而你通常最好能跳1米8。

为了努力跳得再远些，你从去年就开始在练立定跳远。去年有个周末晚上，快十一点钟了，你还喊我陪你上楼顶花园练习立定跳远。去年国庆节我们一起在眉山为外公外婆祝寿庆生，在三姨妈家对面的桂源鲢鱼庄吃饭,你甚至抓紧开饭前夕那点时间,在餐厅包间里面练习立定跳远。今年清明节我们陪外公外婆住在嘉定坊那天晚上,你、我、老妈和二姨妈一起散步从禅驿酒店走到大佛景区正门,一去一回的路上,你也在练习立定跳远。功夫不负有心人。你最终在考试中跳了1米89,得了18分。加上坐位体前屈15分,八百米15分,48分的体育成绩,在全班处于中上水平。

这周一二初三班二诊考试,你各科成绩如下:语文124.5分,数学117分,英语128.5分,物理58分(满分70分),化学46.5分(满分50分),五科成绩总分474.5分,在班级排第4名,在年级排第136名。124.5分的语文成绩,排全班第一,全年级第二。

赵阿姨说你是黑马。你有点不好意思地说,成绩出来后,同学都把你叫学霸了。你有天碰到"巴西龟",告诉他自己二诊语文考了全年级第二,他都不敢相信。

二诊结束意味着中考更近了。但我们家看似一切如常。我和老妈安排五一回老家。外公外婆前阵子去了绥江舅舅妈家。这一趟我们可以看望两边的老人。老妈还计划五一节后的周末,与孙阿姨去西昌看蓝花楹。在看似如常的氛围中,我留意到你上床睡觉的时间推后了些。以前你都在十一点左右洗漱睡觉,有天我提醒你该准备睡觉了,你说:"还早,语文还没有背呢。"

这体现了你不事张扬的做事风格。你有过各种各样"刻苦学习"的摆拍照片,比如在高铁上做作业,在宾馆里做作业,在飞机上做作业,在茶坊里做作业。我们对此都心照不宣,那样子赶作业,不是为了挤时间来玩，就是为了恶补课业。你真正下功夫处，旁人怕是不易察觉。

❤ 2018 年 4 月 21 日

妥协，就是承认、
接受已然发生且无法改变的事实

这次五一节回老家，哥哥、影影姐姐和小锴哥与我们同行，老妈的高尔夫车满当当载了五个人。我开玩笑说，都有点担心车子被压坏。因为哥哥和影影姐姐过完节都将到新单位报到上班，所以路上聊的大多是年轻人应该如何做人做事。多数时间当然都是我在说教，在侄儿侄女面前，我不仅一贯自以为是而且总是好为人师。

外公刚住了几天院，身体正在恢复中。他现在接受并习惯了外出坐轮椅。舅舅舅妈每天抽时间推着外公出门，在新世纪酒店下面的湖滨路逛。外婆很适应这边的环境，说住十一楼看得远让人心情舒畅。

爷爷每天买菜做饭，继续在本子上创作四言五言、六言七言各种打油诗，在旁边配上有动物花草的插画。他说：现在绥江禁止土葬，只能火葬了，他和奶奶修好的坟墓派不上用场了，他们当中谁走了，就在坟墓摆放香火的位置挖个坑，把骨灰葬下去，上面砌成水泥，再把现在他养在盆里的黄桷树，选一棵栽在近旁，以方便我们找墓地的位置。爷爷说，他已经满过八十了，奶奶很快满八十了，活到这个岁数知足了，这个年纪的人说走就走，现在预先把这个事跟我做个交代。

爷爷还说，人到一定年纪，脊椎容易变形，所以走路更要抬头挺胸，要挺直腰，大步流星地走，免得脊椎受压迫变形。他说这是自己的经验之谈。其实这话是专门说给我听的。小时候我走路老扛着背，弯着腰，挺不起胸，爷爷奶奶一度担心我成个驼背。这么多年过去了，我已经学会挺胸抬头地走路了，爷爷还惦记着特别提醒我这个事。相比爷爷的从容乐观，奶奶一直没有从中风以来的悲观情绪中走出来。

有些人长期疾病缠身，每天服药打针跑医院，甚至自己都觉得来日无多，但很多年过去了，仍然活得好好的。他们大多性格平和，懂得妥协，学会了与疾病为伴。奶奶性格太过刚强，人生字典少了妥协的字眼，因为总不愿承认和接受老病的事实，反而让自己陷入悲观的情绪，难以自拔。

丫头，我希望你记住，学会妥协不限于在思想观点、行为举止上的，还涉及如何在心态上善待自己，包括正确对待疾病。说到底，所谓妥协，就是承认、接受已然发生且无法改变的事实，并以积极主动的态度适应新的情况。

♥ 2018年5月2日

身为某个组织的成员，
必须承担责任履行义务

　　昨天周五，五四青年节。老妈下班后与孙阿姨去西昌了，行前"假惺惺"交代我好生留在家里陪你备战中考。我运动后九点过回家，你在房间做作业，我给你打招呼，你说罗老今天让你把入团申请书带回来填，下周四交。还说这批入团的人本来没有你，学校给班上新增加了一个名额，罗老师把这个名额给了你，加上你现在全班一共十个团员。

　　今天周六，我起了个大早，七点半已经在办公室了。我要把你入团这个事记下来，同时说说我对此的看法。

　　这是个可喜可贺的事情！起码是对你初中三年德智体美劳各方面综合表现的一种肯定，代表着大家认可你是个好学生。但我同时要说，世界上没有任何一套评价标准足以适用于所有人，尤其难以适用于发现、辨识那些不走寻常路的人，而他们当中保不齐有着天分特殊之人。所以，这个事值得高兴，但也没必要沾沾自喜，更不能真以为自己比还没有入团的同学在所有方面表现都好。谦逊的品格、克己的态度、平和的心态在任何地方任何时候都是美德。

　　我还要说，虽然你马上就是一名共青团员了，但多半没有细想为什么要入团。你之所以觉得这是好事，因为老师同学都认为这是好事。对现在这个年龄的你，这是很自然的状况。不瞒你说，我当初也是糊里糊涂地就成为团员了。朝"大家"觉得对的方向走，做"大家"认为对的事，不仅是很多人在入团当中的状态，而且是很多人做事的惯有状态。这样子做人做事也许能减少犯错，但不过脑子、人云亦云却是很大的问题。"大家"以为对的未必真对，即便真对，自己也需要想清楚究竟对在何处。

丫头，过几年当面临是否入党的选择时，希望你能开动小脑袋瓜，把事情想清楚再做选择。我和老妈是党员，但包括我们在内的别人的态度都不能代替你做选择。自己要有认识、判断、主意。做出决定一定出于自觉自愿，不要有丝毫勉强。

我一直有个朴素的看法，就是当叛徒没有好下场。没有深究是否所有叛徒都没有好下场，反正从小读过的书、看过的剧、听过的故事都传递了这种看法，最终入脑入心，成了固守的观念。身为某个组织特别是政党组织的成员，必须承担责任履行义务，其中最重要的是不当叛徒。

对于何谓青年，迄今国内外并没有年龄上的明确界定。但不管国内还是国外，十四五岁、十五六岁的人都被认为在青年之列了。丫头，你现在已经是一名青年了。在这个属于你的节日成为共青团员，很有意义，值得纪念。

♥ 2018年5月5日

自我观察，对未来有所预判

今年春节在老家，爷爷说昆明的大奶奶前阵子脚骨折了，我和老妈当时想好3月初去看大爷爷大奶奶。

春节上班后，我和老妈商定3月的第二个周末去昆明。你主动提出要一起去。我们3月10日周六上午去昆明，第二天周日下午回成都。

大奶奶的腿伤好得差不多了，已经能下地走路了。周六中午，大爷爷请我们在住家旁的原农新村吃傣餐，除与乾哥哥外，家里人都到了。我专门带了自己的新书，大爷爷是当中一篇的主角，午饭后回到家，我把这篇《大伯的传奇故事》完整地读给他听。他若有所思地听完，说写的都是事实。

我之所以当面读那篇文章，当然是希望大爷爷了解我心目中的他是什么样子，同时也考虑了以他老人家现在这个年龄，怕是不愿意再看书了。没想我这个考虑先入为主了。昨天下午，大爷爷打电话来说，那册《亲爱的丫头》，他从头到尾读完了，写得好，有几篇非常好，比如《我为什么入党》《只管坚持自己的看法》都非常好。这个事很有意义，值得坚持写下去。读了书后，他写了四句话，"文体独特接地气，一家之言诚可读，忙里偷闲不辍笔，续献文坛一枝花"，题目就叫《读〈亲爱的丫头〉有感》。

大爷爷还说，书里还有个别错讹，如果再印要改过来。我们在白马坝老家的房子，说是"木结构房子"不准确，应该是穿斗式结构的房子。我们老家"少廷"的"廷"字没有"广"字头，是朝廷的"廷"，不是庭院的"庭"。因为"少廷"这个地名得自于解放初期当地农会主席杨少廷的名字，这个人被反动派杀害了，为了纪念他才把当地取名为"少廷"。"木结构房子"的说法改不改问题不大，但是革命烈士的名字一定不能写错，再印时一定要改过来。

看来之前我低估了大爷爷在这个年龄的智力水平了。他不是一般地翻阅或浏览那本书，而是字斟句酌地读完了整本书。离开家乡不下六十年了，老家在他心里仍然占有特殊的地位，所以他特别留意那里房子的结构、地名的写法。退休二十多年了，他依然保持了一个高校思想政治工作者的情怀，叮嘱一定不要把革命烈士的名字写错了。他们那一代人对事情的严谨和较真，我真是望尘莫及。

爷爷满过八十了，大爷爷早已经过八十了，他们都还坚持看书写字，保持清晰的思维。奶奶很快满八十了，思维和表达都条理清晰。相对于这个年纪，他们其实都算得上健康。老妈说我们家有长寿基因，我有希望活一百岁。但愿吧，我尽量努力。

随着年龄的增长，我们越来越养成一种自我观察的习惯，参照家里长辈们的情况预判自己的未来。虽然个体会有差别，环境会有改变，但这仍不失为一种有效的判断方式。丫头，你不妨慢慢尝试着从这个视角出发，对自己有所预判。在这个过程中，既用心体会我和老妈的优点长处——这很可能是你的潜质所在，更努力找出我们身上的缺陷不足——那很可能是你的问题所在，有意识地避免和克服这些涉及精神和体魄、思维和智识、脾气和心性各个方面的问题，随时引以为戒。做到这点，你一定会有比我们更好的人生。

2018年5月10日

我的语文老师

大爷爷前天的来电，让我回忆起那趟昆明之行，做个补记。

那次去昆明，除了看望大爷爷大奶奶，还有两个意外之喜。一是赶巧遇上了一场绚烂花事。2014年你和老妈、二姨妈专程去昆明看樱花，发在群里的照片也很美，但你们自己说在圆通山只见到几株开着的樱花树，明显错过了花期。去年3月底，我从西双版纳经昆明回成都，在昆明逗留一天，小松叔叔陪我去圆通山看了樱花，花事近尾声了。今年去的正是时候。满城樱花盛开，圆通山上的樱花更是开得如梦如幻如痴如醉。

二是赶巧看望了我的中学语文老师牟玉森先生。我很多年没见到牟老师了。今年春节在老家打听他的消息，几个同学都没有确切信息，只说他退休后去了昭通或者昆明，反正不在绥江。我们到昆明当天，在水富工作的同学周阿姨发信息来，说牟老师住在昆明，并给了我他小女儿的手机号码。顺利地联系上小师妹后,我们周日上午去了北市区书香门第小区牟老师家。牟老师说退休以后,先在昭通大女儿家短暂待了一阵就上昆明了,几年前把房子买在与小女儿同一个小区,以便相互有个照应,现在每天负责照顾两个外孙的生活。牟老师今年72岁,他和师母王奶奶气色都好。家里窗明几净,一如他的为人。那天我们师生间说了很多话,牟老师说好久没说这么多话了。

牟老师当年高考的分数上北大没有任何问题,但因为家庭出身的缘故,最终读了云南师范大学。他选择退休后在昆明定居,他很适应这边的气候。牟老师曾说,一生教过的学生当中,最寄予期望的有两个,其中一个人就是我。他是个优秀的语文老师,对当时年轻的我在精神塑造上有很深的影响。

那天拨通小师妹的电话,我说"妹妹,我是柯继铭",他说"是哥哥啊"。彼此的称谓没有任何生分。三十年前,我在牟老师家出入时,她还在念小学,现在已经是近四十岁的人了。

❤ 2018年5月11日

为轻装前行忘却痛苦，
或是人类自我调节、自我保护的一种天性

今天是 5 月 12 日，汶川特大地震十周年纪念日。十年前地震发生时，因为省委主楼装修，省委宣传部机关临时在实业街实业宾馆办公，我的办公室在二楼西面拐角处。第一波震荡后，所有人跑出来站在宾馆院子里，在接下来的震荡中，目睹了地面如波浪般起伏颠簸，但大家当时并没有预想到这场灾难的惨烈程度。

当时市发改委搬入南面的"鸟巢"不久，老妈在 12 楼办公，楼开始剧烈地晃动时，她正在卫生间，晃动稍稍停息后才下到院子里。

地震发生时，赵阿姨在家里，先躲到沙发后面，后来又跑上楼顶花园。她说当时想，如果往下跑，楼垮了肯定要被砸，待在楼顶上，即便楼往下垮，也不会砸着自己。

赵阿姨在楼顶花园接到老妈的电话，当时小灵通还有信号。赵阿姨说，家里除了饮水机震倒以外，其他东西安然无恙。老妈让赵阿姨马上去幼儿园看看你怎么样。

当赵阿姨赶到幼儿园时，老师已经把你们带下楼，安置在幼儿园门口的空地上了。你穿着一只鞋，光着一只脚，整个人异常兴奋，一个劲地说当时正睡午觉，突然晃动起来，还以为是下铺的小伙伴在摇床，老师把大家叫醒，小朋友们光着脚往下走，老师又上去把大家的鞋拿下来，你在装鞋的盆子里找到一只鞋。赵阿姨到后，老师又上去

一次帮大家拿鞋下来，这次你找到了另一只鞋。幺爹单位在幼儿园斜对面，赵阿姨到后不久，幺爹也过来看你了。再后来，我也赶到了幼儿园门口。

不久后老妈和我们在幼儿园门口会合，一起在白果园待到七点过，周围的小餐馆、面包店都买不到吃的了，于是赵阿姨先回家做饭，我们随后回家吃了晚餐。电视里面一直在滚动播报地震的新闻。为防备发生大的余震，饭后我们和周围很多住户一起，待在没有高楼大厦、相对空旷的商业后街。

还仿佛记得在商业后街的情景。很多人，有些人支起帐篷，我们当时没有帐篷，只打了地铺。后来的细节我记不起了，据赵阿姨说，先是我去单位加班了，然后你们在商业后街待到十一点过下雨了，就回家睡觉，我那天回来很晚。

这是地震当天我们家大致的情形。据赵阿姨回忆，她第二天回绵竹老家了。因为家里没人管，就把你送到小姨妈家住了大约一周。回家当天，她和谷叔叔带着薇薇姐姐和他们的侄女文子姐姐来了我们家，几天后谷叔叔先回去了，文子姐姐在我们家待了两个多月，薇薇姐姐一直待到8月份那边学校复课。

地震后我被指派到四川日报社做联络员。现在隐约能想起晚上在川报院子里开会的情景。还有印象的是：老妈后来专门买了帐篷，几天后我们还在商业后街上支过一次；为防备余震，有天我们先一起待在王叔叔的车里，后来我和王叔叔回他们家住了一晚，你和老妈在车上待了一夜，老妈说那夜蚊子特多。

地震当天我落下了之后很多年大家都记得的一个笑柄。我给老妈说："韩叔叔约了今天晚上一起吃饭，不知道还要不要去？"那种情况下，哪里还会有聚会！这是个天大的笑话，说明我在某些方面多么无知，缺乏最起码最基本的常识。

十年了，事情的细节模糊了。生活永远继续，只有往前看、往前走才有希望，为轻装前行忘却痛苦，或者是人类自我调节、自我保护的一种天性。但是，如果人类不能对已然发生的过去作出反思，从中汲取养分，也无法实现自我成长。

2018 年 5 月 12 日

每辆车都有生命有个性

省属国有企业启动公务用车改革。我们单位已经在做方案。我将要跟相伴四年多的配车说再见了。

这辆公务用车是 2009 年 6 月购买，排量 2.5L，之前是我到时已退休的人力资源总监宋阿姨的工作用车。我和宋阿姨早有工作交道，在相互交往中建立信任，我一直叫她"姐"，他一直叫我"弟娃儿"。弟弟接着用姐姐的车是一种缘分。

刚来时，相对固定为我开车的是喻叔叔。他不仅为我开车，而且陪我练车，是我最后一个驾驶老师。在我终于能自己开车上路后，他还常提醒说日本车在湿地上容易打滑，所以雨天一定要慢。后来小罗相对固定为我开车。他是个很有责任心的小伙子，把车照料得很好，随时收拾得铮亮铮亮的。每次去外地出差，他一大早就起来检查、擦洗车，大家都夸这个年轻人勤快。在他的精心照料下，这辆车越来越好开了。

我多数时候走路上下班，平常动车不多。自己开车在停车场发生过两次小的剐蹭。有次在彭山江口镇错车不慎右前轮陷进路边排水渠中，费了好大劲才弄上来。前不久在东城根下穿隧道由南向北的进口处突然熄火发动不了，好在最终紧摇慢赶驶出隧道，安全靠边停后，打电话请小罗过来联系修理厂把车拖走。我接手车子时行驶里程大约6万公里，到这个月行驶里程10万多公里。

我对车热情不高，任何豪车都引不起我的兴趣。2002年考了驾照，2014年正式到这个单位后才自己开车。尽管如此，告别配车还是有些怅然。人对陪伴过自己的东西，总会有感情。

《变形金刚》电影看多了，或者渐渐就相信每辆车有生命有个性，我祝愿我的配车遇到个好主人，一路平安顺遂！

♡ 2018年5月17日

坦然地接受借助和
利用外物的帮助

丫头，我去英国前配了渐进片眼镜，回来开始试戴，起初有些不适应，感觉看脚下近旁有一片模糊，夜晚看远处不怎么清晰。按照配镜师的意见，我在车上备了副近视眼镜，平常戴渐进片眼镜，开车戴近视眼镜。经过一段时间的磨合，现在基本习惯了，夜晚看远处逐渐清晰了，看脚下近旁也不模糊了，书报上的字又变得"历历在目"了，在你的作业本上签"已完成"，在单位各种材料上写"已阅""拟同意"，开会念发言材料，都不用摘眼镜了。重新回到清晰可辨的世界让人感觉良好。

这个事加深了我的一个体会，就是当身体某个方面的机能衰弱、受损到无法自我恢复的程度时，我们应该学习坦然地借助和利用外物的帮助。

这个事之所以应该学习，因为很多人做得不坦然。比如外公腿脚不便了，很长时间仍拒绝坐轮椅。么爹患病通过住院治疗控制住了病情，出院后难以接受要终身服药，当其自我感觉恢复不错，却又擅自把药量减了，结果病情又加重，不得不再次入院治疗。今年春节回家，有一天爷爷血压突然飙升，问是不是忘了服降压药，他说药继续在服，但前阵子自己减了量，我们督促他按医嘱服药，第二天血压才恢复正常。

人对天赋有一种本能的推崇，而对借助外力帮助怀一种戒备心理，容易抱排斥、抵制的态度。他们似乎忘记了利用外物，一直是人类的梦想和追求。从原始社会到渔猎社会，到农业社会、工业社会，再到今天的信息化社会，不就是一个人类改造自然、利用外物的能力和水平不断提高的过程吗？越是善于利用外物，文明越是进步、社会越是发展、生活越是改善，这是不争的事实，为什么在涉及身体机能，在服用药物、使用轮椅这些问题上，又那么纠结呢？

我们需要克服某种心理障碍，学会到一定年纪，在某些情况下，坦然地接受借助外力的帮助，习惯与药物、拐杖、眼镜、轮椅、助听器、起搏器等长期友好共处。要告诉自己，这就是在享受文明进步的成果。

2018 年 5 月 20 日

只愿你拥有平常的幸福

读张若虚的《春江花月夜》，很多人把春江花月夜的美不胜收留在脑中，却过滤了"白云一片去悠悠，青枫浦上不胜愁"那离愁别绪、思念之情。我想说的是，有时人们只记住诗词的文字之美，而没来得及细细体会其中的生活之苦。

年轻人在审视生活上容易抱与赏析诗词相似的态度。向往绝美的人生，却忽略了绝美的风景多在奇险的山川，非凡的业绩伴随常人难以忍受的凄厉决绝。对我们绝大多数人而言，还是应该着眼于做个平凡人、过平常生活来谋划人生。这几天我跟单位的年轻人说，接受自己是个平凡人，甘于过平常生活，可能是一个人心理成熟的重要标志。很有可能，人生越是平常越是接近幸福，越是美丽越是远离幸福。

美丽短暂易逝，幸福容易长久。做个平凡人，过平常生活，未必不是好的人生，亲爱的女儿，我不希求你的人生因非凡而美丽，只愿你拥有平常的幸福。

♡ 2018年5月21日

一些关于婚嫁的嘱托

影影姐姐和小锴哥订婚了。这个习俗在我们这边已不多见，但在小锴哥他们老家对此仍很重视。小锴哥父母刘叔叔金阿姨为此事去了绥江，与舅舅舅妈一起商定了两家儿女的订婚事宜。

中国古代没有婚姻登记一说，订婚——两个家庭在亲友的见证下确定儿女的婚姻之事和彼此的姻亲关系，对双方有实质性的社会约束力，订婚之后彼此就是"未婚妻""未婚夫"的关系了，这种关系不能轻易解除，一定要解除必须走"退婚"的程序，类似于今天办离婚手续。

刘叔叔金阿姨从绥江返程经过成都，5月14日，我和老妈在宽窄巷子见山书局请他们吃饭，小锴哥陪着刘叔叔和我喝了些酒。趁着酒兴，我跟姐姐和哥哥说了不少话，大约如下：

一是你们各自家庭条件都不错，父母舍得为你们付出，你们在物质方面省去了很多的辛苦打拼，但可能也因此缺失了受夹磨的经历。自己要意识到这点。一定不要认为父母为你们所做的都是理所当然。

二是现在你们两个在一起了，就一定要珍惜，不管对你们当中哪一个，以后的生活中都会有很多诱惑，但希望你们永远坚守现在对彼此的承诺。

三是要学会过日子，特别要懂得我们都是平常人，要接受过平常的生活，努力在生活的日常中找到快乐。

四是要懂得尽责任，除了孝敬父母，还要努力关爱兄弟姐妹，能对社会有所回报更好。

这些话同样说给你听。

♡ 2018年5月29日

时光易逝，今明中考

　　今明两天中考。你的考场在陕西街四中初中部，我单位旁边。你早已想好考试当天从家里走路过去。昨天下午看考场，老妈陪你提前走了一遍那段路，实测出所需时间大约 25 分钟。

　　今天在家吃过早餐后，我和你 7 点 25 分从家出发，在商业街路口过到东城根街对面，一路由北向南，穿过人民西路路口、西御街路口，在陕西街路口左拐，7 点 50 分到四中初中部大门口。

　　今天上午考语文，11 点考试结束。等 11 点 10 分，我下楼在大厅等你。这两天你都将在我这里午餐和午休。很高兴为你提供这样的服务！

　　老妈专门请了几天假以备听用。如果我临时有工作任务，就由她负责管你午餐和午休。

　　时光易逝，你初中入学报到后穿迷彩服参加军训的情景仿佛还是昨天，却没想整整三年又过去了。

♥ 2018 年 6 月 13 日

感叹唏嘘中，自有对生命的感悟

今天中考结束，今天也是我身份证上的生日。今年是我的本命年。

我最近状态不好。很容易疲倦，偶尔甚至觉得支撑起身体坐正了、站直了都要费不小力气。感觉手脚关节发僵，像生锈一样，左腿膝关节隐隐作痛，下蹲变成了吃力的一件事。关节的问题可能与我剧烈的运动有关。脑袋黏黏糊糊，不愿意想事情。兴致不高，不想出门，待在家里又倍感无聊。人都会有这种时候，体力、智力和情绪活动落到低点且相互重合。

有传统的说法认为本命年是一个不吉利的年份。即所谓"本命年犯太岁"。本命年又叫"坎儿年"，意思是度过本命年如同迈过一道坎儿。北方很多地方，人们在本命年会系上红腰带或者穿红背心、红裤衩以消灾免祸。上一个本命年，我自作主张买了双红色的棉袜，穿了一次后放在衣柜里，前不久连同其他旧衣物一并扔掉了。也许今年我应该遵从传统习俗，重新添置一两件红色的衣物。或者过了这个生日，身体、思维和情绪的不爽将慢慢飘散吧。

今天早上老妈说："你都奔五的人了，不要一天到晚再蹦蹦跳跳的啦！"走进生命中第四个本命年，该是什么样子呢？在第二个、第三个本命年的年纪，二三十岁时候，喜欢把自己和自己有心效仿的、历史上的或者现实中的人物拿来做对比，寻思着能否跟上他们在这个年纪的步伐。后来渐渐领悟每个人只能做自己，就懒得再和那些大人物做对比了，也不再愿意自己变成任何人的翻版了。与此同时，慢慢尝试着从祖父辈、近旁长辈的生活轨迹中，探求窥测自我的宿命。

走进生命中第四个本命年，该是什么样子呢？爷爷 1937 年出生，1985 年进入 48 岁。当年我 15 岁，像你一样经历了中考，考了全地区第一名。大伯已经在绥江县农业银行参加工作。幺爹 12 岁，正在读小学五年级。奶奶已经从乡下良姜中心小学调入县城的城镇小学，爷爷奶奶告别了一县之内两地分居的日子，家里开始有了点积蓄，他们用来把老家白马坝穿斗结构的房子搬到了县城，完成人生中一件大事。国家的状况在变好，个人工作生活的条件在变好，孩子们顺利成长带来新的希望。对于走进生命中第四个本命年的爷爷来说，眼中应该是一副葱茏的景象。

外公今年 86 岁。他 1984 年来绥江一中教书，我 1985 年在历史课堂上第一次见外公，他语速很快，神采飞扬，充满激情。往前 4 年，外公 48 岁时，老妈 8 岁，舅舅 11 岁，三姨妈 13 岁，二姨妈 15 岁，大姨妈 17 岁。家里热闹着呢。而外公外婆拉扯五个儿女、负担一家人生活的压力，想必也不小。再过 4 年，我就到外公第一次给我们上课的年龄了。

今年 4 月，外公外婆去了绥江舅舅舅妈家。前阵子身体不适，在绥江住院治疗效果不理想。上个周末，老妈和二姨妈、三姨妈去绥江把外公外婆接回眉山，安排外公住进了重症监护室。我们原本计划你中考后这个端午节回绥江老家，现在决定不回了，改为去眉山看外公陪外婆。第一次见到外公的情形仿佛在不久前，难以相信那样神采飞扬、充满激情的一个人，身体虚弱到现在的状况。而这也怕是三十年后我们这些人不可避免的状况。

我 1992 年投在王爷爷门下念研究生，当年他老人家 54 岁，任川大宣传部长，出版了第二本学术专著《共产国际、斯大林与中国革命》。两年后，原四川大学和成都科技大学合并为四川联合大学，王爷爷做了分管文科的副校长。1986 年他走进生命中第四个本命年时，经过 1961 年留校以后二十多年的厚积薄发，成为国内红军长征史研究的知名专家，并在 1985 年出版了第一本学术专著《红军长征研究》。再过六年，我就到王爷爷收我做学生时的年龄了。

岁月倏忽，韶光易逝，感叹唏嘘中，自有对生命的感悟。

赵阿姨今天回家了。等下你考试结束后，我们去宽巷子轩轩小院吃饭。今天约了影影姐姐和小锴哥，我和小锴哥可以喝两杯。

♥ 2018 年 6 月 14 日

越来越理解生活需要些仪式感

昨天上午，你们树德试验中学举办初三年级毕业典礼。我和老妈一起参加，我穿白色衬衣，老妈穿深色裙子，平常周末我们很难得穿这样子庄重。随年龄增长，我们越来越理解生活需要些仪式感，越来越珍惜参与见证你成长的每一个机会。现在初中毕业，三年后高中毕业，再四年大学毕业，也许还有硕士研究生、博士研究生毕业，这种机会对我们来说都格外宝贵。

这个月30日查询中考成绩。你说这次又"考砸了"。每次考试你都说"考砸了"。也许这次真的考砸了。但即便是真的也不打紧。

你从小以来，在入学择校、升学择校上，因为各种机缘巧合，我和老妈几乎没淘过神。不仅如此，你曾经就读的学校，无论幼儿园还是小学还是初中，都在家的近旁。不知道你这份幸运，是来自我们前世行善积德了呢，还是你自带福报。

听余同学妈妈说，你们很多同学已经在上衔接班，余同学上两个班算少的啦，不少同学上三四个班。余同学回家说，谁说毕业后不容易见同学了，在衔接班上天天都能见到！你拒绝上衔接班，我们也不勉强你。我为你找了高一上期的全套教材。希望你休整调节之余，提前稍稍有所预习。更希望你通过做这个功课，逐渐培养、提高、增强自我学习的能力，进而把针对学习考试的自学能力，扩展为在一切事情中发现问题、解决问题的能力。

外公上周出院回家了，但身体虚弱的状况未见明显改善，每天只能躺着，下不了床，身边随时需要有人，三姨妈请了人帮着护理，但仍然人手紧张忙不过来，刚过去的周六，你和老妈送赵阿姨到眉山帮衬几天，等这周结束，二姨妈放假后过去把赵阿姨换回来。今天老妈出差了，最早也要周四才回来，家里剩下我俩和鸣弟、包子相依为命了。

我们商量，这几天你负责叫我起床，负责照顾鸣弟、包子，负责准备早餐，午餐你来我单位吃，晚餐要么在家下饺子或抄手，要么在外面找地方解决，视心情而定。

♡ 2018年6月25日

你真是重诺守信的人

丫头，你真是重诺守信的人！老妈和赵阿姨不在这几天，你都按预约的时间叫我起床。周二早上煎了面包片，给我煮了个盐蛋，给自己煎了个鸡蛋；今天早上是面包加黄油，美中不足的是水果单调，都吃李子，每天吃李子；把鸣弟和包子照顾得井井有条，我看它们心情都不错。

周一中午你来我单位吃自助餐，晚上我们去吉祥街吃了皇牛肉，之后顺道走路游览了新整治的西郊河。昨天中午我们在城市之心楼下吃康师傅牛肉面，饭后你去上了绘画课，晚上我们走路去太古里吃了云南菜。今天中午我们在天府广场地下商场吃牛排，现在你去青木牙科试牙套了，晚餐我们初步考虑回家自己做。老妈说："你们会安排哦，每天吃得不重样！"

每天这样子吃伙食，像回到我俩暑期旅行的日子。但若论食欲和胃口，却此一时彼一时，情形大不同了。那时候，我们总感觉饥肠辘辘，随时在兴致勃勃地睁大眼睛找美食，每顿都吃得很嗨很欢。而现在，每次问你想吃什么，回答几乎都是"随便"，吃饭成了件应付交差的事。

记不起具体从什么时候起，大约初三后吧，你为了减体重开始节食。晚饭吃得尤其少，以前要吃一大碗米饭，现在盛在你碗里的米粒都数得清。很多东西不吃了，偏咸的偏甜的偏油腻的通通不吃了，香肠腊肉、甜烧白咸烧白最多尝一尝意思下，肥肉坚决不吃，巧克力、冰激凌坚决不沾，连奶茶、果汁也不喝了。今天中午点的牛排套餐配有两杯西瓜汁，你不喝西瓜汁只喝白水，我一个人喝两大杯西瓜汁撑得够呛。受你影响，连我对吃饭的兴趣都变得有点索然寡味了。

以前我俩在一起，总要想方设法吃点什么东西，就是说好了要回家吃饭，也要先在外面一饱口福。每次老妈问"你们又去吃啥子好吃的啦"，我们不回答，只相视而笑。每次出门旅行，"品尝地方特色"是你说得最多的话。现在丫头大了，起了爱美之心，拒绝胡吃海塞了，我们大快朵颐的那份兴致，怕是不容易再有了。

你对事情说做就做、说到做到。以前你每天漱口刷牙后坚决不吃任何东西，现在每天晚饭后除了喝水，坚决不吃任何东西。不像我，老是管不好自己，任何时候胃口被调起来，就忍不住嘴，常常临睡了还在吃，哪怕冰箱里只有剩菜剩饭，也要吃上几口。在这点上，我自愧不如啊。

❤ 2018年6月27日

我们践行自律,不是为了得到,
而是为了不失去

关于自律,我想多说几句。

一般来说,一个人约束自己在某些方面的欲望是为了在另一些方面达成更大的愿望。女生节食,通常是为了保持好体型好身材。好形象对于她们,重要性超了口腹之欲。很多人克己慎独,是为了自己的抱负。实现抱负之于他们,比感官满足要紧得多。也就是说,多数人的自律有自己的目的,其实是两害相权取其轻、两利相权取其重。

我不得不说,这种为目的而自律有很大的局限。显而易见的疑问是:如果不能满足更大的愿望、获取更多的利益、实现更大的抱负,是不是可以放弃自律了呢?不是这样的!丫头,自律是一种美好的品行,而不是获取的手段,我们践行自律不一定要有目的,即便没有看得见的好处,也要克己自律。如果一定要给出一个目的,那目的就是做更好的自己。

多数人行事的动机,总不免与趋利避害相关。但世间的利弊得失,又岂是我等肉眼凡胎所能悟透的呢!何谓得何谓失,得在哪里失在何处,何谓利何谓弊,利弊如何权衡,人生的总账怎么算,在事情尘埃落定前,处于进程中的绝大多数人其实看不清楚。与其机关算尽,聪明反被聪明误,不如随时随地做个克己自律的人。"多少长安名利客,机关用尽不知君。"生活中最终的赢家,一定是那些没有目的而能克己自律的人。也许可以说,我们践行自律,不是为了得到,而是为了不失去。

你从小便十分自律。你的自律超过许多同龄人。这是很大一个优点。祝愿你能把这美好的品行带入学习工作、做人做事方方面面，努力做生活的赢家！

这里我也得说，凡事过犹不及。还是拿饮食来说，适当节制饮食有益健康，对于女生保持好体型很重要，但不管吃多吃少，总归要吃好，保证足够的营养，决不能为控制体重而损害健康。民以食为天，"吃饭穿衣""吃饱穿暖""吃穿住行"，吃的重要性不言而喻。它不仅是人维持自身再生产的第一需要，而且是人的一份乐趣。一天三顿离不了吃，我们没有理由不去享受这种乐趣。

再有，你一个生在成都长在成都的女生，身在这个以麻辣著称的美食之都，一点辣椒都不吃，说起都不像四川人。现在小女生们聚会，吃最多的不是火锅就是串串，你不吃点辣椒，怕是参加姐妹们的聚会都不方便。你肯定也当不成歌唱家了，没必要那么呵护自己的嗓子。保持健康饮食，不妨碍同时做个"吃货"。我们应该在各种事物、各种行为之间，努力找出某种平衡。

开始养成规矩划定方圆，然后在规矩方圆内慢慢地放开，慢慢地自如，最终从心所欲而不逾矩。

♥ 2018 年 6 月 28 日

何谓思考，如何学会思考？

丫头，初中毕业学校没有要求家长写寄语，但我要正儿八经地给你写点寄语。

希望你努力学会思考。

"心之官则思。"动物的行为受本能支配，正是思考让人与其他动物区别开来。思考也把人与人区别开来。思不思考、思考什么、怎么思考，人与人智愚立见、高下立判。

何谓思考，怎么学会思考？

首先，凡事多问几个"是什么"。这也就是我翻来覆去强调的弄清楚真实状况，努力探索发现真相、了解把握真相。这是思考的起点。正确的思考必始于努力接近真相。众所周知在科学研究中发现真理很难，殊不知在日常生活中洞悉真相之难不亚于科学研究。表象不等于真相。人生百态，世间万象，各种姿态、各种现象，未必即是真相。目之所见、耳之所听、心之所感，未必即是真相。人生的真相、社会的真相、生活的真相，无不扑朔迷离、云遮雾蔽。科学研究是少数人的工作，透过社会的面面观洞悉生活的真相，却是每个人的人生必修课。

其次，凡事多问几个"为什么"。为什么会这样，为什么不是那样？世间一切都有去脉来龙，过去种种因成就今日果，现在种种果皆是将来因。无论是破解科学研究中各专业领域的问题，还是探求日常生活中社会人生的真相，把目光投向过往，在事物已然呈现的轨迹中探求其之所以如此的原因，是最基础、最重要的方法。历史的意识、视野和逻辑，是历史学对人类思考方法论的卓越贡献。我有幸受教于这门伟大的学科，特别希望自己的学习体会能带给你感悟。

在这个基础上，尝试着努力发现从过去到现在，此一事物与上下左右其他事物的关联，弄清周围事物对其所施加的影响；与此同时，尝试着将此一事物与从过去到现在有某种相似度的事物进行比较，努力找出它们的异同。做了这些思考，对某个事情"为什么会这样，为什么不是那样"自然能给出大致的回答。

概括地说，所谓多问几个"为什么"，其实就是在时间的维度做纵向的历史的考察，在空间的维度做横向的联系的考察和比较的考察。做好这点，前提是不对任何事情抱理所当然的态度。

丫头，以我的经验，在绝大多数情况下，某个人最终成为什么样子，会把某些事做成什么样子，有着不能不如此、不得不如此、非如此不可的原因。唯其如此，才有预料之外情理之中、看似偶然实则必然，等等说法。如果还能多问几个"为什么"，进一步追索"情理"之所出、"必然"之所在，那距离揭示真相，发现人的本性、事物的常性、生活的常态就不远了。

最后，凡事多问几个"怎么办"？做事思前想后，思前针对是什么和为什么，想后针对怎么办。很多情况下，弄清楚了"是什么"和"为什么"，"怎么办"的问题自然而然迎刃而解了。

思考当然还包括自我反省。基于个人的成长经验,以及生活中观察多数人不够了解自己的结论,我十分看重自我认知。这是我在对你的家庭教育上,一以贯之的理念。你过八岁生日那天,我写过一篇《生日提醒》,七年过去了,我要继续不厌其烦地叮嘱你养成自我反省的习惯,在把握"自我"这个最重要的"真相"的基础上,随时随地不忘扪心自问:我想要成为什么样的人,想要什么样的生活?我怎样才能成为那样的人,拥有那样的生活?我有没有正朝向那个方向去,又是否偏离了正确的轨道?

2018 年 7 月 14 日

所谓思考就是努力超越就事论事,把问题置于广大时空来看

丫头,我们接着聊如何学会思考。

思考并非高深莫测之事。一定程度上,所谓思考就是努力超越就事论事,把问题放在比此情此景、此时此刻更广大的时空范围来看。"不识庐山真面目,只缘身在此山中。"我们对事情看不清想不透,原因常常在受空间和时间局限,思考的视野不开。

把问题置于广大的时空下是一种重要的能力。养成这种能力，离不开阅历的积累和识见的扩展。经历多了，识见广了，时候到了，很多事情就水到渠成迎刃而解了。

积累阅历、扩展见识有个过程，需要付出时间。但是，能力未见得会随年龄的增长而增长。很多人在七老八十的年纪，仍然钻牛角尖。同样，也不是非得到某个年纪才能学会思考。付出时间固然重要，更重要的是从年轻时就养成一种意识，把问题置于尽可能广大的时空背景下来思考。

比如，多数人习惯性地以为现在比过去好、未来比现在好，就算确切知道未来一段时间情况不乐观，但还是相信事情会过去，终归要好起来。这类想法作为良好的愿望，作为生活的信念，作为对自己的勉励或对他人的安慰，不乏加油鼓劲、提振精神的积极效应，但若真以为凡事会越来越好，则大错特错。

从人类历史的长时段看，社会由强而弱、盛极而衰，繁华转为凋敝，和平接续战乱的情况比比皆是。从生物进化的更长时段看，物种灭绝是生态系统更新的常态，我们的地球历经了五次物种灭绝，最为人熟知的是恐龙的消逝，下一次物种灭绝什么时候发生，人类能否逃过物种灭绝的宿命，谁都说不清楚。退一步说，即便人类能实现永续发展，即便社会总体保持螺旋式的发展进步，谁也不能保证自己能生逢其时，恰赶上和平繁荣的好年景。把问题放到广大的时空范围思考，可以帮助我们区分感性的愿望和理性的认识，破除习以为常的观念迷雾。

人生在世，总会追问生活的意义、人生的价值。对涉及价值判断的问题，探求答案值得尝试的一个方法，是把问题和个人终有一死、社会还将延续这一事实联系起来思考。

"人生天地间，忽如远行客。"认识并接受人生只有短短几十年的事实，可以帮助我们时刻警醒自己：以最大程度符合个人意愿的方式，把有限的时间用在最想要做的事情上。"夫天地者，万物之逆旅；光阴者，百代之过客。"生命其实就是一段时间。所谓过一生，说到底在如何分配属于自己的时间，怎样使用属于自己的时间。越是能理解生命转瞬即逝，越有可能作出不让自己后悔的人生选择。

疾病提示着死亡的威胁和生命的脆弱。很多人有这样的体验：经过一场大病，情绪反而变得平和了，认知反而更加清晰了，之前想不明白的事情反而想通想透了，整个人如梦初醒豁然开朗了。这当中，能长久地记住这些感受并把它们转为思想材料的是少数，多数人大病初愈后，就把这些体验抛诸脑后了。我们与其等到疾病缠身和死亡临近才被迫从生命有限的维度思考问题，不如让这种思考成为日常的修养。这有点残酷，对于你这样年华正茂的少年尤其如此，但理性总是与冷峻为伴，如良药苦口，不残酷不足以振聋发聩、醍醐灌顶。

与此同时，虽然我们个体终有一死，但是族群和社会还在延续。我们的亲人和朋友，尤其是延续了我们血脉的儿女子孙，还将继续他们的日子。《孟子》说："不孝有三，无后为大。"看重延续香火非中国古人独有的观念。无论古今，无论中西，传宗接代都是人最本质的属性。常说让文明薪火相传——这实际上是从传宗接代中派生出来的一件事，传递文明薪火归根结底是为了有效地延续生命的种子，因为所谓文明，不过是人类长期积累的生存技术和生活艺术。

生命本能的设置和原初的意识，从根本上决定了我们不可能不关注没有我们自己的未来。这种关注影响到我们在此生如何选择如何作为。比如我，虽然自知迟早要去到无声无息的世界，但只要想到你还将继续自己的日子，就祈愿有你在其中的这个社会越来越好，并乐意为此尽己所能。

♡ 2018 年 7 月 21 日

听从内心召唤，
以严格的自我反省随时校正人生方向

丫头，但愿我上面这些感受，对你探求生活的意义、追问生命的价值有所启示。在涉及价值判断的问题上作出正确的回答，重要的是不被任何说教所绑架，不要盲目地以别人的价值观代替自己做选择，始终忠实于自我，听从内心的召唤，以严格的自我反省随时校正人生的方向。

大脑是人体的中枢。在布满人体的血管中，给大脑供血的血管最粗，较之于四肢百骸，大脑的消耗量最大。思考是人类各种活动中最重要的活动。阅读和旅行帮助我们拓宽视野、提供思考的材料。写作是思考的整理和表达，可帮助我们训练思维的严密性、准确性、深入性。人的一切行动、所有作为、最终面貌，无不取决于大脑思考功能的发挥。

　　个人如此，社会亦然。在影响社会变革的重要力量中，无论科学的力量、技术的力量，还是制度的力量、文化的力量，还是人格的力量、道德的力量，追根溯源是思考的力量。

　　思考需要有场景和氛围。不同的人思考问题有不同的习惯。比如有人喜欢睡前躺在床上思考，有人喜欢边走路边思考，有人喜欢边品茶边思考，有人喜欢在交谈中思考，有人喜欢去山水幽静处思考等。不同的人开启思考阀门的场景和氛围各不相同。丫头，希望你有意识去发现，自己最适合在哪种场景、哪种氛围中想事情，慢慢养成一种条件反射——当你进到那种场景和氛围，思考的阀门就会自动地快速打开。这能帮你大大提高思考的效率。

♥ 2018年7月22日

希望你警惕和远离邪恶

希望你警惕和远离邪恶。

这是之前我们不曾正面讨论的问题。我想谈这个问题很久了，一直苦于无从着手。花儿般鲜美的少女，正向往步入如诗如画的未来，我却告诉你人心、生活、社会的另一面如何险恶，实在煞风景。但一味回避这个话题，又担心家庭教育的缺失埋下成长的隐患。现在你十五岁了，即便自己没有经历过，多少总听闻过有关这个世界阴暗面的事。我想是时候和你谈这个话题了，不能再耽搁了。

有正必有邪，有善必有恶，社会生活中邪恶无时无处不在。远离邪恶远不止与人为善。绝不是凡事洁身自爱，就可以独善其身；绝不是处处坚守正道，就可以置身事外；绝不是始终心存善念，坏人坏事就不来招惹你。害人之心不可有，防人之心不可无——两个方面、两个心思同等重要，不能只顾到不起害人之心淡忘了还须有防人之心。而所谓"防人"，实则防备邪恶。邪恶常令人防不胜防，防备邪恶是一件必须随时随地警醒自己的事情。人一生免不了面对很多人，经历很多事，设法求平安保周全，你必须学会与邪恶周旋，修好防备邪恶这门课。

我不排除世界上有邪恶的基因，与生俱来的坏人，但这是极个别情况。生活的常态是善与恶、正与邪在每个人身上共生共存。何去何从，从善还是作恶，取决于正与邪哪一方占上风。善恶正邪的较量永不停息。

在宽泛的意义上，生活中有好人和坏人的区分，分别指那些在绝大多数情况做好事的人和在绝大多数情况下做坏事的人。在严格的意义上，除个别邪恶基因外，世界上没有绝对的好人和坏人。在涉世之初，我更愿意你从没有绝对好坏区分的角度去认识理解人。等到阅历渐多，积累了知人识人的经验，或者对此就能了然于胸了。

今天就到这里吧。

♥ 2018 年 7 月 25 日

人不能没有进取心，但进取心过强也属过度的欲望

丫头，我们继续谈警惕和防备邪恶。

因为善与恶、正与邪共生共存，所以每个人都可能成为邪恶的化身。防备邪恶首先要自我警惕、自我预防，不让邪恶在内心滋生，永远封存那个潘多拉的盒子。

做好自己，不妨尝试着从以下这几个方面做功课。

首先是不染恶习。比如不赌博，不吸毒，不酗酒，不说谎，不游

手好闲,不占人便宜,不夺人之爱,不取不义之财等。远离约定俗成认为不好的那些习惯,警惕恶习滋生恶念。这方面你已经做得很好了,继续保持。

其次是懂得控制欲望。欲望与生俱来,但过度的占有欲、掌控欲、支配欲,却是滋养恶念的温床。对权力、金钱、财富、地位、声誉、情感等不加节制的贪婪,都是过度的欲望。人应该有梦想有目标有追求,但是一切都要有个限度,不能贪得无厌、欲壑难填。与人相处中凡事都想个人说了算,总是强迫他人苟同自己的看法,动不动指手画脚,喜欢帮人做主,也是过度的欲望。男女相处,不管在恋爱阶段还是婚姻之中,对方都淡薄到明确提出分手了,还苦苦纠缠不放手,也是过度的欲望。人生而不完美,刻意追求极致的完美,也是过度的欲望。

常说做人要守本分,不要有非分之想。这"分"之一字到底是何意思?我想所谓"分",不仅涉及一个人由先天禀赋和后天修养所塑造的自身条件,还与其父祖辈奠定的家庭条件密切相关;不仅涉及一个人所在的社会层级,还与人们对其阶层的社会角色的认知密切相关;不仅涉及生而为人的本分,还与当时社会的道德和风尚密切相关。也就是说,一个人该怎么做人做事,应该符合你拥有的个人条件、家庭条件、社会条件,且不违背社会的基本道德准则和多数人的期许。

丫头,你从小心地纯善,性情温和,做事从不过头,这方面我不担心你。这里只对某个事预作提醒:以后在工作上不必给自己设定过高的目标,不对做出成绩、赢得认可、获得升迁抱过于迫切的期望。人不能没有进取心,但进取心过强也属过度的欲望,其结果常适得其反。适中的态度是既不妄自菲薄,也不作有过高的期许。

♡ 2018年7月27日

无论做什么事,
目的、手段、过程和结果同等重要

丫头,我们接着讨论警惕和防备邪恶。

做好自己,首先是不染恶习,其次是懂得控制欲望,最后是做事的方式要正当。

所谓正当,一般性地说,就是要符合当下的社会规范,遵从法律的规定、道德的约束、通行的规则和绝大多数人约定俗成的看法。具体说,做事的方式是否正当,可以从这样几个方面去判断。

第一,有没有损人利已?做一件事,如果为达到自己的目的而给他人带来利益上、名誉上、感情上、意愿上、面子上的损害,那么做事的方式是否正当就很值得怀疑。

第二,会不会触犯众怒?做一件事,他人有不同看法在所难免,但如果不断有人提出不同意见,甚至与事情本身关联不大的人都开始质疑和非议，或者与自己关系亲密的人都流露了不赞成的态度，那么做事的方式是否正当就很值得怀疑。遇到这种情况，须三思而后行，一意孤行很容易酿成祸端。冒天下之大不韪而成非常之功，非大英雄不能，我们平常人没必要以身犯险。

第三，能不能拿到台面上来说？做事走得端行得正，必定见得人，无妨在台面上摊开给众人看；而见不得光，不敢公之于众的事，多半心怀鬼胎，背后有阴谋诡计。做人做事应该光明正大，不能表里不一、阳奉阴违、当面一套背后一套。

第四，是不是问心无愧？人皆有恻隐之心是非之念。做事的方式正当与否，我们自身通常会有是否坦然、是否心安、是否愧疚等反应。坏人做坏事，并非不辨对错、无所愧怍，多半是明知道错了还克制不住去做。如果对所做之事感到不安，心有愧意，那么做事的方式是否正当也值得怀疑。

丫头，无论做什么事，目的和手段、过程和结果同等重要，不能只看结果不论过程，更不能为了目的不择手段。在中国文化中，胜者王侯败者寇、以成败论英雄的观念根深蒂固。这种观念淡化甚至抹杀了关于是非对错的基本判断，让人深陷功利之中。正本清源，做事在注重结果的同时，必须注重过程的合规性、方式的正当性。用不正当的方式达到目的，绝非行稳致远之道，不值得羡慕，更不必效仿。人生的路很长，一步不慎可能满盘皆输。所谓走好每一步，说到底就是采取正当的、正确的方式做每一件事。在这点上，希望你任何时候都不要有侥幸心理。

时下很多人津津乐道于"不按常理出牌",我顺带说下对此的看法。不按常理出牌,体现了逆向思维和多向思维,常常能取得事半功倍、出人意料的效果。作为思维方式和做事技巧,倡导不按常理出牌无可厚非。但如果把它作为做人做事的基本态度,则很容易让人剑走偏锋,走向投机取巧、偷奸耍滑甚至不择手段、铤而走险的道路。规矩之所以成为规矩,因为已经有无数的事实、无数人的经验证明这样做事成功的概率最大。所以绝大多数情况下,做任何事首先要有一定之规。年轻人初涉社会,富于创新勇气但规矩意识尚未筑牢,做人做事尤其需要把功夫下在懂规矩上,而不是下在求变化上。出新意于法度之中,必先理解把握法度,才能进而推陈出新。一味不按常理出牌,最终可能误入歧途。

做好自己还要善于掌控情绪。冲动是魔鬼。人在情绪上、气头上、性子上容易放纵人性中本能的恶。一言不合怒目相向,鸡毛蒜皮的小事酿成悲剧,口舌之争引发祸端,类似的事不乏其例。我们无法帮助别人管理情绪,只能掌控好自己的情绪。除了长期养成平和性情的修养功夫,还要随时随地告诫自己不怄气、不受气、不置气,凡事看得开、放得下、想得过,不被情绪左右,不受情绪所困。时间很宝贵,生命很金贵,何必浪费在与他人较劲上!不与人在言语上争输赢,不与人在面子上争高低,不与人在感情上争风吃醋。意气之争如洪水猛兽,躲过了是福,躲不过去是祸,更有甚者甚至招致杀身之祸,切记切记!

凡事信则灵,不信则不灵。信念是最深层次的力量。从自己方面警惕和远离邪恶,归根结底在信我所信——相信好人自有好报,害人终归害己；相信积善必有余庆，积不善必有余殃。丫头，希望你把这种信念深植于心，随时自我警醒，勿以恶小而为之。

♡ 2018年7月28日

坚守与人为善，
但任何时候不要忘了邪恶无处不在

丫头，警惕和防备邪恶，除了不让邪念在自己内心滋生，还要预防邪恶从外部侵入，善于避开那些心怀鬼胎之人。

预防邪恶从外部侵入，其实就是随时留意、主动避开与此相对应的四种人：沾染恶习的人、欲望太强的人、行事不正的人、情绪冲动的人。

养成知人识人、鉴别善恶的功夫，没有捷径可走，必须经风雨历世事，包括付出吃苦受难的代价，但首先要有这种意识，带着这种意识多思多想。没有这种意识，吃亏不长记性，经历再多也白搭。这方面我有个感受，就是自我反省、自我修养的功夫做得越多，对"自我"这个"真相"了解越深，那就越有可能将心比心，洞悉他人、明察世事。

我还有些经验之谈提供给你参考。

第一，邪恶常以"伪善"示人，生活中要提防被"伪善"欺骗。万物皆有罅隙，是人就有瑕疵，和某些人相处久了，如果此人还给人近乎完美的印象，那么多半在刻意造作，掩饰了不可告人的企图。大奸似忠，大伪似真，对这类人最好敬而远之。人际交往有远近亲疏，一个人对另一个人的态度，取决于彼此的关系，比如血缘关系、地缘关系、趣缘关系、业缘关系、情缘关系等。如果某人对你的好，超过了基于彼此关系应有的程度，那多半另有企图。世界上没有无缘无故的恨和无缘无故的爱，对那些有违常理、带着过分热情和关心来到你身边的人，要多长个心眼。

第二，人际相处中保持适当的距离，可以帮助你远离邪恶。人受到的伤害，很多时候来自近旁的人，最致命的伤害常常来自最亲近的人。如果人与人相处的距离足够远，谁想要伤害对方也够不着。若非特殊的机缘，对没有经过长期交往彼此并不知根知底的人，不要轻易当朋友。即便是朋友，也不要轻易把你的一切暴露在对方面前，也不要轻易发生超越朋友之道的利益上的交换和金钱上的来往，尤其不要轻易让对方接近你的个人生活和家庭生活。

第三，不要试图窥测他人的隐私，尽量不去探求他人的秘密。知晓了人不欲他人知晓的事情，必定让人戒备遭人提防。好奇害死猫。窥测他人的隐私无异于自找麻烦。分享了他人的秘密，必然负有为人保守秘密的责任，这不是件容易的事情，守不住秘密则有可能惹祸上身。不仅如此，促成人们分享秘密的那份信任并非一成不变，常常随事情的演进由信任转化为猜忌，从而变成一种危险的存在。所以，若非万不得已，若非义不容辞，不要探求他人的秘密。

第四，随时随地知错即改，坚决不用新的错误来掩盖旧的错误。别人之所以能够伤害你，不少情况下是因为你有某种"把柄"捏在人家手上。这"把柄"往往就是你试图掩盖的错误。人都会犯错，犯了错改了就好，用新的错误来掩盖旧的错误，一个错变成两个错，小错变成大错，最终错上加错，错到无法回头。如果这些错误被别有用心之人作为"把柄"加以利用，你很可能被人胁迫着违背自己意愿做更多错事，甚至为虎作伥、助纣为虐，把自己置于万劫不复之地。希望你永远不犯这种低级、幼稚的错误。

丫头，如同白天和黑夜交替轮回，善良与邪恶是人性的两个面，我们要坚守与人为善，但任何时候都不要忘了邪恶无处不在，任何时候都不要松懈，做好应对邪恶这个人生基本功。能够预先防备，远离邪恶最好，如果邪恶让人无处逃避，那就横下一条心，勇敢应战。魔高一尺，道高一丈。要相信邪不压正。邪念恶意、阴谋诡计像鬼魅，只能遁形在黑暗中，永远走不到光天化日下。战胜邪恶，有效的一个方法是把它公之于众，让它在太阳下见光死。

♡ 2018年7月29日

着眼于日常行止,养成好的生活习惯

希望你着眼于日常行止,养成好的生活习惯。

这点上,我与天下父母的心思并无二致。最想叮嘱你每天按时吃饭睡觉,无论遇到什么事,再怎么心烦意乱,都不要影响吃饭睡觉。学习生活工作,事情永远做不完,心永远操不完,没必要为任何事争分夺秒,更不用搞得废寝忘食夙夜忧叹,不妨按部就班顺其自然,该吃饭吃饭,该睡觉睡觉。人生很长,功夫不在一时半会儿。只有吃得下睡得香,才能保证有个好身体,也才能做更多的事,走更远的路。

你初三后下决心减体重。这个暑假更设定了要把体重减到 95 斤以下的目标。现在一日三餐不吃肥肉,瘦肉也吃得少,晚餐不吃主食,饭后至少保持站立姿势半小时才坐。三餐外除了喝水几乎不沾任何东西,喝水只喝白水和茶水,连水果也最多偶尔尝一尝。最近两个月下来,体重减了 20 多斤,现在只有 94 斤了,之前大部分衣服宽松到不合身了。我佩服你做事的坚强意志,但也想提醒你,目前这个体重差不多了,体型挺好了,老妈开玩笑说快成一道闪电了,再瘦下去形销骨立反而不美了。我从小喜欢吃肉,感觉动脑筋想问题必须要吃肉,肉吃得少脑袋都转得慢了。我个人的经验未必值得你效法,但无论如何,都要保证身体摄入足够的营养。凡事不要过头,为减体重弄垮了身体得不偿失,将来后悔莫及。

走正道,守本分,吃好饭,睡好觉,过开心——这大约是天下父母对儿女千叮咛万嘱咐之后,都不免交代的话。父母们年轻时,也讲远大的目标、宏伟的蓝图，随时间流逝，子女长大成人，自己年事渐高，最多的叮嘱就是这些平常话语了。这也是近年来每次回老家，爷爷奶奶跟我说的话。我一次次倾听他们的叮嘱，反反复复体会，慢慢领悟出这些平常话语中所包含的道理，它更接近于生活的本质和生命的本真。丫头，我现在把这些话连同自己的体会，提前一并交代于你。

  初升高这个暑假就要结束了。今天早上老妈去帮你领了入学通知书，后天早上我要送你到北湖校区参加为期一周的军训。丫头，一转眼你已经是个高中生了，正在加快出落成自己的模样。而我和老妈，也必须要跟随你的成长，加快我们自己的成长，努力学习如何与一个长大的"小朋友"友好相处。

♥ 2018 年 8 月 21 日

后 记

《亲爱的丫头2》,这册小书的文字对应的时间从2015年8月到2018年8月。在这个时间段中,我用自己的方式,不厌其烦地记录女儿成长的"琐琐碎碎",也曾板起面孔对她说教。希望能在她的生命旅途中,长久地留有一份温暖的陪护。

这些文字涉及的话题不一而足,贯串始终的,就是引导孩子着眼于日常生活,从小培育有益于个人幸福、无害于社会公德的生活态度,养成健全的人格,打牢做人的基础。

对女儿的叮咛,很大程度上也是我的自我反省。告诉她应该怎么做和不应该怎么做,对她说的那些话,有一种特别的魔力,随时随地反过来提醒着我、逼迫着我首先做好自己。因着写给女儿的这些话,我不断回望自身的成长,反思利弊得失,弥补改进不足。经过长时间真诚的自我反省,我明显感到自己对是非对错的看法越发清晰,对人对事少了浮躁和刻薄,多了理解和宽容,内心更充实平和,更有一种在知晓基础上践行的力量。

陪伴见证孩子的成长,促使我自己获得了新的成长。开始记录时四十岁,现在很快要吃五十岁的饭了。走近天命之年,对于如何坚守正确的人生方向，确保生活工作在正确的轨道上行进，我从来没有像今天这样坚定而充实。

女儿过八岁生日的情景恍如昨日，没承想下个月她就满十六岁了。到这个年龄，自己的事、身边的事、家里家外的事，应该都能记住了，不用旁人帮着记了。我的记录工作或者可以告一段落了。

个体生命渺若尘埃、倏忽飘逝，得与诸君作如此一场交流分享，这奇妙的机缘、美好的邂逅，对我意义非凡。拜各位成全，听我絮絮叨叨了那么多。世事难免匆忙，后会未必有期。值此之际，跟诸君道一声：谢谢，再见，珍重！

♥ 2019 年 1 月